Eva

Nara Vidal

Eva

todavia

Olha uma borboleta
Pousada
Na lâmina de uma faca.

André Tecedeiro

A mulher, vendo que a árvore era agradável, que o fruto era bom para alimento, belo, fresco e apetecível, e que ainda por cima lhe daria entendimento, chegou-se, apanhou do fruto, começou a comer e ofereceu ao homem que com ela estava, e ele também comeu. Enquanto comiam, começaram a dar-se conta de que estavam nus, e não se sentiam à vontade. Foram então arrancar folhas de figueira para se cobrirem à volta da cintura.

Ao cair a tarde daquele dia, ouviram o Senhor Deus a passar através do jardim. Então se esconderam por entre o arvoredo. O Senhor Deus chamou por Adão: "Onde estás? [...] Mas quem te mostrou que estavas nu? Comeste do fruto daquela árvore sobre a qual te avisei?".

Ele respondeu: "A mulher que me deste por companheira é que me deu do fruto dessa árvore e eu comi".

[...]

E à mulher, Deus disse: "Terás de ter filhos com custo e dor. Desejarás muito a afeição do teu marido e este terá predomínio sobre ti".

Gn 3:6-16

Superfície

— Você sabe onde ficam os lençóis. Nunca saíram de lá, estão do mesmo lado do armário de cerejeira desde sempre. Você, que é tão exigente com o toque do tecido, pode escolher lá. Você sabe onde ficam, está bem? Você está na sua casa, não tenho que tratá-la feito visita. Cerejeira. Você achava essa palavra boa de falar, lembra? Dizia que dava uma música, que era uma palavra mais bonita que mogno. Mogno era triste, cerejeira era festa. Você sempre gostou de madeira clara. Sua mãe é que achava que não era nobre o suficiente. Os lençóis, as fronhas, está tudo no guarda-roupa de cerejeira do quarto. Escolha o que você quiser. Seu marido está bem? Finalmente você tomou juízo. O bebê é para quando?

Eu precisava acalmar meu pai. Devia esconder dele o desalento dos meus olhos ao concluir, de novo, que minha mãe estava morta e que, toda vez que eu viesse para ficar na casa que seria para sempre sua, ela morreria continuamente, minha cama não estaria pronta, os travesseiros estariam sem fronhas e que, sob a colcha amarela feita de margaridas de crochê, a única coisa que se via era o colchão manchado da incontinência dos meus primeiros sete anos. Sem se surpreender ou adivinhar qual lençol de flores estaria preparado fresco e limpo para mim. A casa que seria para sempre da minha mãe era agora preenchida pela sua morte. Os lençóis de flores com as dobras próximas ao travesseiro passaram a ser nostalgia, como a naftalina que começava a faltar nos guarda-roupas. Sem a cama arrumada e a toalha com meu nome e uma borboleta bordados, viramos órfãos: meu pai e eu.

A caminho do armário que guardava os lençóis, pisei no chão de tacos cobertos pela cera que a empregada passava dia sim, dia não. A empregada nos acompanhou desde sempre. Não a mesma, mas a empregada, a função, com seu banheiro do lado de fora da casa, sua entrada dos fundos sem lustres de cristal e tapetes orientais, sem os móveis de carvalho maciço, sem as antiguidades e os quadros caros. Cabia a ela limpar tudo o que estava proibida de admirar. A empregada não fazia nossa cama. Minha mãe cuidava do espaço onde deitávamos os corpos limpos do dia passado com terra, mato, poeira e tempo.

A mãe tirava nossa roupa e nos esfregava vigorosamente com a bucha, o Neutrox nos cabelos de cloro. Metia-nos o pijama de flanela costurado pela vó e nos pousava na cama limpa, nos lençóis de flores que ela arrumava.

Mamãe, se eu tivesse sido menino, como teria sido meu nome?

A primeira decepção que eu dei à mãe foi meu nome. A única vez que o pai insistiu em falar mais alto. Quis um nome fácil para ajudar na alfabetização. A vó ficou para morrer de desgosto. A mãe fez novena para pedir perdão a Deus por um nome de filha tão mundano, um símbolo de pecado. Tereza, Francisca e Rita era o que ela tinha em mente.

O diabo se apossou do meu corpo antes mesmo de eu nascer. Ao chamar meu nome, minha mãe se lembrava de pecado e maldição.

Antes de existir o tempo, houve a mãe.

Eu calçava uma havaiana de tiras azuis num dos pés. O outro mancava, sem tocar o chão, enfaixado por uma gaze curando, aos poucos e inutilmente, os furos dos bichos que depositavam batatas nos dedos. Acomodei-me numa pedra. À minha volta, primos que vinham para o almoço do domingo quando toda a família se reunia para brindar a solidão de cada um, em comunhão. Minha vó arrastava os chinelos que ela fazia e que, quando novos, acariciavam os pés das senhoras da cidade com cetins azuis, vermelhos, pretos até. Ela trazia um facão em punho. A bacia de alumínio era portada pela preta, senhora inútil numa casa em que a dona fazia tudo. Mas lá estavam a preta e os filhos da preta trabalhando, inventando tarefas para justificar os trocados ralos no fim do mês e os furtos da despensa.

Meu avô nos chamava, as crianças. As canelas dos adultos passavam diante dos meus olhos, muitas vezes atrapalhando minha vista. Uma tia distante vinha com o marido almoçar. Usava um vestido de algodão com rosas azuis e brancas. O vento raro dos domingos naquela esquina de Minas batia por vezes ondulando a saia da tia. Sentada na pedra, eu via a barra do vestido de flores se levantar com pudor, vez ou outra. Durante o sopro, a calcinha branca e o roxo na coxa. Uma marca errada sobre a pele morena e debaixo da roupa. Cochichei para a mãe que, passando a mão nos meus cabelos embaraçados, me sossegou dizendo que a tia caía muito. Voltei para a pedra, meu lugar para assistir ao espetáculo. A tia lá, encostada numa mureta, um copo de coca-cola na mão e os olhos longe dali, iria também testemunhar a morte da galinha.

Todo domingo era esse circo. O avô chegava como quem tem uma função importante a ser cumprida. Rasgava a goela do bicho. A preta vinha com a bacia de alumínio pegar o sangue para o molho. O avô então largava a ave degolada para rodopiar no terreiro, diante da plateia de crianças assustadas que riam. Depois da morte da galinha, íamos brincar até que a vó nos chamasse para a mesa, e então era nossa obrigação comer o bicho morto depois de tanta violência, com garfo, faca e boas maneiras.

Os primos eram muitos. Vinham de outras cidades. Chegavam cerimoniosos e terminavam o dia metidos em alguma briga com carnes arrancadas da pele. Um deles, bonito que só, tinha o demônio no corpo e morreu cedo. Foi a última vez que o vi. Chegava por volta de onze da manhã no fusca branco da família, os cabelos penteados partidos de lado, limpo, educado. Entrava na casa da vó, os pais dele iam para o outro cômodo e ele ficava frente a frente comigo. Rangia os dentes e soltava um assobio feito cobra. Só não metia mais medo do que quando ele me esperava terminar a última peça do Chaparral para, com uma única pisada forte, destruir todo o meu projeto executado. Certa vez, deu azar de ser observado atrás da porta pela minha irmã mais velha. Ali mesmo ela o juntou pelos cabelos e o arrastou para a rua, que dentro de casa não era lugar para a morte da qual ela o jurava. No passeio, do lado de fora da varanda de violetas da vó, ele levou um couro. Nunca mais me importunou. Minha irmã mais velha me protegia contra a violência física dos outros investindo com uma violência ainda mais feroz. Parecia um bicho com raiva. Os moleques da rua que me provocavam não se atreviam com ela. Um dia ela disse que, se mexessem comigo, mexiam com ela. Como se protegida pela ameaça de violência dela, comecei a andar em paz pela rua da minha casa.

Nossas mesas de almoço eram diárias e com todo o trabalho que dá uma mesa de almoço. O arroz e o feijão, feitos em panelas velhas e riscadas de palha de aço, eram dispostos em travessas de louça, ao lado de saladas bem-feitas e carnes deliciosas muito bem apresentadas. Depois a empregada tirava a mesa e lavava toda a sujeira dobrada, a da panela, a das louças. Eu a via sentada num banquinho no canto da cozinha abocanhando tudo o que tinha sobrado do nosso almoço. Sentia nojo e sentia pena. Queria que ela parasse de ser assim.

Cheguei em casa para o almoço chorando. Eu tinha sido agredida na rua. Não me lembro de ter feito nada para receber a violência de um arranhão no braço da moça que vivia com uma idosa num corredor da rua. Mas seguramente tinha feito alguma coisa por merecer. Uma vez, indo para casa, avistei um bêbado estirado no chão, na porta do bar da rua. Eu vestia uma saia de babados, tinha sete anos, estava sem calcinha porque tinha feito xixi na roupa. Dei um passo vagaroso em cima do bêbado deitado. Ele, de olhos fechados, não viu o que eu queria mostrar. Meu tio, da janela da casa dele, assistiu a tudo e avisou para a mãe o que ela já sabia: que o demônio morava em mim.

Contei para a minha irmã sobre a agressão da menina da rua e ela se levantou da mesa e foi bater na porta da idosa. Minha irmã convidou a moça a descer o degrau da porta. Deu-lhe uma surra e ela nunca mais me agrediu.

A mãe olhava minha irmã com reprovação, pedia que parasse, mas estava cansada demais para detê-la de fato.

Quando estava descansada, cantava "João e Maria" para mim. Ela queria ter feito uma música daquelas. Um cavalo que falasse inglês e a obrigação de ser feliz. Eu tão linda de se admirar. O sufoco do amor de mãe, um negócio sem saída. Que beleza!

Às sextas-feiras, íamos passear na praça. Dois pipoqueiros, um de cada lado do jardim. Minha mãe calçava saltos altos como se fosse a Paris. Era quando ela virava gente. Nos dias de semana, na escola estadual, dava seu suor aos filhos dos outros, tentando ensiná-los a pensar. Aos sábados e domingos, era rejeitada pelo meu pai, que ia tomar cerveja com os amigos homens.

Quando dava uma hora da tarde, o pai saía para o bar. A mãe sabia do que falavam, e ela odiava futebol e carros. Ainda assim, chorava perto de mim para eu ver que estava sendo rejeitada. Eu não sentia pena; sentia raiva e queria que ela parasse de ser daquele jeito. Eu também queria deixá-la e ir ver minhas amigas. Com seus tentáculos e voz pegajosa, ela me fazia ficar, só de pena.

Sexta-feira era seu dia de gente. Nós nos sentávamos sempre à mesma mesa, entre duas portas altas de madeira pintada de preto. Uma mesa de quatro lugares com paliteiro e saleiro.

Comíamos peixe do rio. Espinhos, uma trabalheira! A mesa era forrada com toalha de papel liso, nada escrito. Melhor assim, eu não sabia ler ainda. Aos cinco anos, e à meia-noite, eu ainda estava em companhia dos meus pais na noitada deles. Meus olhos, cansados de adivinhar se era o vidro do saleiro ou do paliteiro, procuravam minha mãe. Em pé, de salto, saia rodada agarrada pelos dedos de unhas longas feitas e vermelhas, ornados pela aliança e alguns anéis de ouro, ela segurava um copo sempre cheio de cuba-libre. Dançava de olhos fechados. Meus olhos pousavam nela, que se divertia como se fosse uma mulher de trinta e quatro anos. Era tudo o que ela tinha, trinta e quatro anos.

Minha mãe foi uma mulher. Assim como meu pai foi um homem. Mas minha mãe era uma mulher que gostava de cuba-libre e de segurar a saia para dançar. Gostava de pintar as unhas de vermelho. Fechava a porta do quarto com chave aos sábados de manhã. Nunca soube a razão daquilo. Quando percebi que ela era uma mulher, minha mãe já tinha morrido. Atentei-me ao seu desejo, sua bebida, suas unhas, sua saia mostrando as pernas, seu cio, sua ressaca aos sábados, quando eu também virei mãe e tentava em completo desespero continuar sendo mulher uma vez por semana, que fosse.

A mãe era tão grande que encontrar minha cama desfeita, nua dos seus cuidados, era o mesmo que ter de abrir a porta para a morte, lhe servir café, conversar com ela e seu hálito podre. Ela não ia embora. Trazia aquela má notícia da ausência completa e definitiva da mãe toda vez que eu procurava fronha para os travesseiros.

Tudo estava bem enquanto havia a violência da irmã, a tia espancada com olhos vazios, a morte da galinha, o brinde à solidão de todos juntos, a mãe me preenchendo de insegurança e amor.

Ao me livrar daqueles domingos em família, ganhei uma janela com vista para o fim.

Profundo

Até o final eu vou morrer.

Mas, enquanto vivo, uma sequência de crimes.

Não é muito claro quando o golpe acontece porque as mortes, mesmo as precisas, acontecem aos poucos e perduram. As mortes duram muito tempo.

Eu tinha uma tia que fumava muito. Numa ceia de Natal, quando ela estava com setenta e sete anos e eu com sete, apenas eu notei que ela dormia na mesa. Olhos fechados na cabeceira enquanto passava os dedos na toalha de linho que acusava a festa obrigatória e os votos de um mundo melhor que não segura as pontas já no dia seguinte.

Terremotos, acidentes aéreos, deslizamentos de terra, enchentes, tudo isso acontece em janeiro, no feliz ano novo. Minha tia morreu dois dias depois do Natal. Hoje eu sei que quando velho dorme no meio da festa é porque vai morrer dentro de poucos dias.

Senti um golpe de ferro na testa quando vi a mãe dormindo no almoço do meu noivado.

Minha morte nasceu comigo. A da minha mãe também. Tinha medo de morrer desde pequena, mas tinha pavor maior de imaginar a morte da mãe. Por isso, pensava em várias maneiras de matá-la para que me deixasse em paz.

Passei todo o tempo viva preocupada em morrer. Tinha um medo terrível de que viesse sem aviso. Não suporto surpresas. Por isso, todos os dias eu me preparava para morrer ou para matar a mãe, mas fomos sobrevivendo.

A mãe sempre me fez doer, e sempre foi para o bem. Tinha pavor que eu fosse indecente, oferecida como menina nenhuma deveria ser. Mandava fazer minhas roupas na costureira da rua do jeito que ela queria. Um metro e meio enfestado de veludo para fazer a roupa dos quinze anos. Eu nunca suportei veludo. A sensação é a mesma que uma unha quebrada arranhando um quadro-negro. Mas o tecido era nobre, o tom de azul-turquesa combinava com meus olhos. A cada prova eu chorava de gastura, nervosa com o toque. Chegava em casa e ela me batia para que eu parasse de ser mimada, uma ingrata que nem se deu ao trabalho de notar a fortuna gasta com aquela roupa.

Quando os convidados foram embora, ela me abraçou, eu ainda envolta de veludo, e me disse o quanto eu estava linda, a mais bonita da cidade, e o quanto me amava. No nosso abraço, achei o pai que nos olhava, enternecido e orgulhoso dos laços entre a mulher e a filha. Ele nunca pediu para a mãe mudar o tecido da roupa, mas também me dizia que a mãe entendia de tudo que fosse bonito, para eu confiar. Ela me abraçava e acariciava minhas costas, e dali vinha um som alto de unha contra veludo. Obrigada pela festa, pela roupa, mamãe.

Lembro-me de beber muito numa festa de quarenta anos. No banheiro, senti-me imortal. Sentia um desejo de festa, de sexo, de vida quase incontrolável. O problema do corpo é que o sonho não envelhece.

Minha mãe atrapalha meu caminho. Viva ou morta, esbarra em mim por onde tento avançar. Ela é uma fronteira, uma autoridade, uma recusa. Mesmo assim, eu a amei a vida inteira tão intensamente como se ela já tivesse morrido.

A saia curta demais, a blusa de uniforme sem sutiã, a voltinha de bicicleta sem calcinha, o batom rosa demais, vermelho demais, roxo demais, peito à mostra demais, perna à mostra demais. Ela me amava e por isso queria o melhor para mim. Meu sutiã se enchia, minha calcinha se molhava, ela queria o melhor para mim e eu queria amar, mas ela não deixava porque era errado. Eu ainda era uma menina.

Que suplício o amor. O amor sim é um ato solitário. Só se sente amor sozinho, e por isso me casei e tive um amante: para ficar a sós comigo.

O amor correspondido só pode acontecer durante o sexo, dentro do desejo em comum. Até depois de gozar, um se rende apaixonado e o outro quer se limpar. Um quer ir embora, dormir na própria cama. O outro quer abraços. Por coisa de sete segundos aqui e ali há um amor correspondido em plenitude. Passou disso, virou:

1: equívoco; 2: expectativa; 3: desespero; 4: engano; 5: decepção.

Nem satisfação o amor carrega, porque a satisfação logo se transforma em desejo ou monotonia. Se permanência, o tédio. Se ausência, a vontade. Há, então, correspondência quando existe distância. Os planos, os anseios, a liberdade de imaginar o que será nos afundam numa alegria intensa. Tudo isso praticamos sozinhos.

Quantas pessoas no engarrafamento estão apaixonadas? As que estão num carro — com os parceiros, os filhos, o calor do couro, a música de mau gosto — fogem para imagens de praias, bebidas geladas, passeios nas montanhas, seus gatos, cachorros, fogem para a arte, escapam para um passado ou para um futuro. Não conseguem sentir amor por aqueles que amam em promessas, papéis, questionários, entrevistas e que estão sentados ali ao lado, também ansiosos por outras paisagens. Mas aquele que dirige sozinho, sem um amor ao seu lado, ama. Ama mesmo no calor que queima o couro velho do carro da década de 1990, a música ruim, o suor como consequência do ar-condicionado que nunca terminou de instalar. Agarrado no trânsito de uma estrada violenta pontuada por buracos e sangue, o apaixonado, o que tem fé dentro do purgatório e não se dá conta quando adentra o inferno seja de barca, seja num sol de meio-dia, ou na fila do banco, não enxerga além do que lhe pulsa, engolindo o que resta de si. Fome.

É, portanto, um bicho apático, consumido por restos, febres, desejos, e principalmente ausência.

O desejo por si só é isso. Ninguém deseja um prato de comida quando espalhado à sua frente, devorado a garfadas largas.

O que se deseja está sempre longe. O amor é tão caprichoso que rejeita a satisfação. Quer vê-la distante. Saciado o desejo, finda o amor e toma seu lugar a convivência.

Minha insatisfação com meu amante fez com que o caso durasse muito tempo.

Éramos nós dois uns cretinos, dois enganos que entre bocas prensadas, mãos dadas e pernas abertas numa cama de hotel, apostávamos nas poucas horas o desejo. Um vazio imenso. E meu marido lá, em carne viva sem emprego, enquanto eu escapava da depressão dele para que não virássemos os dois loucos.

E não me envolvi com meu amante, mas permiti que revirasse meu corpo do avesso com tanto sexo. Depois, tomava um banho de hora e, tenho certeza, não sobrava nada dele em mim.

Amor, o amor mesmo era quando ele me olhava pular alto numa cama elástica improvisada no jardim. Eu tinha vinte e sete anos e não sabia o significado da palavra *awkward*. Amor era quando ele me olhava quando fazia lua cheia, qualquer lua que a gente visse. Aos vinte e sete anos tentei me esquecer da mãe para me doar inteira ao amor, amor mesmo.

Eu pulava com os braços para cima, rodava até a cabeça doer. A mãe não gostava dele, claro que não. "Filha, você não precisa passar por isso. A vó sonhou com um homem te batendo com uma cadeira. Volte para casa, filha. Mamãe te ama tanto. Não seja fácil."

Eu me sentia feliz longe da mãe, brincando no jardim, como uma criança com poucos anos de vida. Não que ela estivesse errada. Faltavam poucos anos de vida para mim com ele, o amor mesmo. Mas haverá de chegar o tempo que a mãe estará certa e será preciso criar juízo e filho, arranjar marido. Chega de amor, chega de jardim, verão. Chega.

Volte uma casa. O jogo é sujo.

Não é bom quando precisamos virar para o outro lado e encontrar a convivência. É um desastre porque tantas vezes desejei homens e mulheres com os quais eu não queria conversar, cujas companhias eu abominava. Sem roupas, em silêncio, durante o sexo, eram providos de uma intensidade que me fazia desejá-los com grandeza. Depois, quando se levantavam, se vestiam e se limpavam, eram de novo aquelas pessoas que eu tentava a todo custo evitar no curso da vida, na volta para casa, na rua, na fila do banco, no portão da escola.

Ainda assim, me diziam, era preciso conviver, compartilhar. Até que, por bem e sorte, enlouqueci, passando a viver sozinha e em paz enquanto dividia a casa com meu marido e meu filho.

As costas do meu marido eram largas. Dali, parado olhando para o jardim da nossa casa, me lembrava o corpo de um Minotauro. A cabeça dura e com chifres, o corpo saudável, o torso à mostra eram meu marido mergulhado na mais profunda depressão. Sem trabalho havia mais de sete meses, recebia dinheiro de apartamentos que comprara num tempo fortuito e próspero. Chamei seu nome. Ele, perdido em ideias de aparar a grama pela segunda vez no dia, não me ouviu. Chamei em tom médio, não me ouviu. A pia está vazando de novo, chamei.

Ele se virou, o Minotauro. Olhou com os olhos foscos, vazios de fé lá de dentro do labirinto dele. Não disse nada. Foi com toda a prontidão debaixo da escada pegar a caixa de ferramentas. Minha casa nunca esteve tão organizada. Nada necessitava de conserto. Pinturas e retoques em dia, jardim em ótima manutenção, carro limpo, maçanetas funcionando, encanamentos perfeitos. Só o Minotauro que estava quebrado.

Senti tanta pena e tanto pavor daqueles fragmentos dele pelo chão da cozinha que pedi que olhasse o menino engatinhar enquanto eu passava na loja para comprar qualquer bobagem que fosse urgente. Saí de pena e porque vinha perdendo o ar diante do tamanho nada que foi virando aquele homem. Fiz sexo a tarde toda com meu amante.

Não sentia culpa. Era meu exercício de sobrevivência, um salve-se quem puder. Talvez a carta da minha mãe tenha me causado relativa preocupação. Foi a única ocasião que me causei certo espanto, cheguei a julgar minhas atitudes e me escandalizar com elas.

Mesmo com a gramática incerta, eu me arriscava a escrever para a mãe. Ela era excelente em português! Respondia às minhas cartas de amor para ela em duas partes: a primeira era sua resposta. A segunda, a correção da minha carta. Pedia que eu não fosse fácil nem indecente. Que não me deixasse ser possuída pelo demônio que parece me seguir. Que eu fosse mais forte que as tentações.

Quando eu via a mãe às sextas, dançando com uma cuba-libre na mão, eu via ao lado dela o demônio. Era para o diabo que ela ria, já que o pai se entupia de cerveja e não notava a mãe e o diabo juntos. Quando ela levantava a saia rodada agarrada às unhas vermelhas, o demônio lhe beijava as coxas. Mas o diabo no corpo da mãe foi largando-se dela à medida que eu crescia. Será que a vó passou para a mãe o diabo do corpo dela?

No domingo, na hora da missa, a mãe virava santa. Nem sombra de demônio algum. Ela e a vó investiam toda a fé em Jesus Cristo purificador das almas, e a mãe estava perdoada por trair o pai com o demônio da sexta-feira.

Desde que me casei, tive amantes. Nunca senti de fato na pele o peso de um compromisso que não fosse comigo mesma. Minha mãe, quando soube de um deles, de um amante, me enviou uma carta moralista. "Você gosta é de confusão, de apanhar, de dar problemas. Você merece toda essa violência da qual quis sair. Seu nome é uma maldição. Você, antes de nascer, já era pecadora. Filha, eu te amo tanto, volte para casa, você não é uma indecente qualquer." A mãe disse que sempre notou que minhas pernas não se fechavam, desde menina eu rebolava para os outros e sorria com os olhos, sempre muito disponível. Que certa ocasião, na igreja durante a missa, em vez de fechar os olhos e rezar, ficou me olhando e viu minha perna se cruzar na outra até que o vestido subisse. A cara e os olhos de criança confundiam o padre e os pais das minhas amigas.

Disse que eu era uma prostituta que trocava beijos e sexo por restaurantes e voltas de carro. Que eu nunca dei nada em troca que não fosse minha boceta. Concluiu, cheia de verdade, que minha sorte era ser rica. Senão, seria a piranha da cidade, e que não havia num domingo missa suficiente para me exorcizar.

Enquanto lia a carta, me queimavam os dedos, os olhos quase cegos enquanto ela escrevia o que bem entendesse. Um dia, a mais previsível das consequências: fui pega. Meu casamento acabou e fui morar sozinha em cima de uma floricultura, dentro de vinte e sete metros quadrados incluindo o banheiro, cortesia do meu marido traído que não admitia que a mãe do filho dele não tivesse um teto. A única coisa que me importava carregar era a caixa com as cartas da minha mãe.

Meu filho não veio comigo. Ficou com o pai dele e com a casa. O menino passou a ter vergonha de mim. Ele tem razão. Eu nunca mais soube do amante. Sentada aqui, na cadeira descascada, de almofada rasgada e que dá para a janela com os vidros abertos exatos três centímetros, sinto que ainda não fui punida. Não me emocionou perder o amante, o marido ou o filho.

Impressiona-me quem tem medo da solidão: é a única coisa que me cai bem. É como se eu me atirasse no mar do alto de um rochedo pela primeira vez. No meio do caminho, pedra abaixo, a realização de que não havia saída a não ser terminar o começado, tocar o fundo para eventualmente subir, voltar.

Feito começar um assassinato: o sangue que pinga de um corte mínimo no dedo suja tanto quanto o que jorra do coração, em volumes. Estar sozinha começa assim. Primeiro a mãe me largou. Depois o marido, o filho, e depois eu.

Sentia com frequência o abandono da mãe. As cartas dela me agitam. Dá para sentir as pernas brancas coladas uma na outra entrando no golpe da água azul à procura do fundo do mar para alavancar à superfície. Mas eu pulo e conto a ela por telefone que é para fazê-la sentir-se viva, mesmo que de raiva e medo. Da queda, ouço o silêncio abafado da água borbulhante de um ar que gasto sem precisar, de medo excitado, acho que vou morrer.

Será que a morte é assim? Quando a mãe estava morrendo deitada na cama do hospital, sem ar, será que se afogava? Gostaria que ela tivesse pensado no mais belo mar enquanto morria de embolia pulmonar e eu afagava seus cabelos fartos e oleosos.

A água me engole e me cospe de volta, desnecessária que sou. Eu sempre volto à tona. Sobrevivo constantemente.

As cartas todas me lembravam do perigo de morrer ao pular das pedras. Perigo de morrer.

O fim da vida era sempre sugerido como macabro, intocável, inaudível, impróprio, imperfeito e obsceno. A mãe pedia que eu evitasse a única condição inevitável. A cada vez que eu sobrevivia, devia me sentir feliz. Ao invés disso, sentia a miséria que era estar viva, deslocada de pensamentos e emoções, morrendo a cada glória que é sobreviver. E as cartas que a mãe mandava, apesar de páginas escritas, eram feitas de apenas duas mensagens: evite a morte porque eu te amo.

Às vezes, noto um pedaço de uma foto para fora de uma caixa num guarda-roupa. Isso é um risco porque o perigo mesmo não é rever com curiosidade as marcas no rosto da vó, dos tios, da mãe. Lembrar de limpar o túmulo, tirar as flores mortas de cima dos mortos, tão silenciosos gritando "ausente!" a cada leitura que começa com uma estrela e termina com uma cruz. Não é pensar na confusão que foi juntar todo mundo para a foto da ceia de Natal. Não é escutar em voz baixa o reconto da mãe sobre a mãe e a mãe da mãe e por aí vai, feito um rolo que ninguém sabe bem como começou e parece não ter fim. O perigo mesmo é eu me perceber dentro de tudo isso que minha mão não alcança. Fecho os olhos para receber o peso que me entorta os ombros. É quando escrevo para a mãe:

Você aí, em silêncio, quando grita que não está, empurra em mim, para dentro da pele, dos órgãos, das entranhas, o punhal do qual sempre me protegeu.

Uma chuva, a ventania, a brisa do fim da mesma tarde das férias no mar e do cemitério, ou uma pessoa, logo vão tirar daqui esse meu despautério. É que senti saudade de escrever um bilhete que começasse pelo nome que eu te dei. Fique tranquila: vou assinar como sua filha. Prometo não usar meu próprio nome que te chateia tanto. O endereço da mãe é o cemitério. Não esquecer de pôr o remetente. O cemitério é o mesmo onde enterram todo o meu passado. Nunca vou conseguir me livrar dessa cidade. Estão lá meus restos mortais, os dos que morreram antes de mim. Sempre me lembro dos enterros debaixo do sol quente. Como ardiam meus olhos! O sol cego daquela terra borbulhante de calor juntava-se à poeira, a secura que era o caminho para enterrar a tia. Caminho que passava pela rua de ir a casamento, rezar para doente, benzer a perna torta.

Sá Inha tinha um filho manco. Andava. Parava. Andava. Parava. Com um canário dentro da gaiola pelo Centro até o bairro do Sossego. Era na Sá Inha que a vó me levava para benzer a perna torta quando Jesus Cristo já não ouvia suas súplicas.

Donana me viu descendo a praça e espalhou que uma perna minha estava com a alma fraturada. Essa menina está com o diabo no corpo. Reza forte e muita arruda, se der jeito, mas não há muita esperança. Na primeira tarde de reza, Sá Inha tirou minhas meias de algodão, esticou meus pés até doerem, e no meu grito achou o coro do demônio. "O coisa-ruim sabe que queremos acabar com ele. Vai ser difícil. A menina tem um corpo sem cor, não aguenta muita luta. Essa vai ser braba." O filho manco ardia de curiosidade na greta do portão. Não tinha permissão para entrar. Também havia um diabo preso dentro dele, já que a perna não teve jeito. O demônio fez casa ali e não houve benzeção, nem em Muriaé, que desse certo. Se Sá Inha não conseguisse arrancar tanta coisa ruim de mim, o jeito era me levar para a casa da Mãe Aurora, a benzedeira mais renomada da Zona da Mata de Minas, que quase curou o filho manco dela: queria amputar a perna empestada. Se a mãe do rapazinho deixasse, ele viraria um anjo quando a hora chegasse, por hemorragia e infecção. Minha perna torta me dava um rebolado exagerado. Logo, meu avô não me deixava ir nem ao mercado sozinha. Era olho de homem se esticando e nem nove anos eu tinha. A perna era o de menos. Os olhos é que ardiam.

De sol, de claridade, de ver o que não queriam ver. Numa claridade de um domingo triste, minha vó me arrastou rua afora para a reza na casa da Sá Inha. Ramos de arruda e flores apanhadas do jardim da igreja tinham, para a macumba da benzedeira, poderes de Jesus. Sentei-me no tanque, como de costume. Sá Inha esticava meus pés, e aquilo me causava uma dor estridente. Era o capeta ainda naquela canela. Não deixa a perna da menina em paz. É o capeta fazendo com que ela rebole assim, assanhada, criancinha ainda. Tudo por causa dessa perna possuída. Quando abri os olhos, vi na greta do portão o filho manco da Sá Inha. Com a mão dentro da calça suja, se exibia e revirava os olhos, lambendo os próprios dedos. Apertei os olhos que me doíam mais que os pés. Quando olhei de novo, jorrada na gaiola do canarinho, uma gosma branca e o rapaz caído no chão. Toda vez que eu voltava na Sá Inha para me benzer, o filho dela me espreitava da greta. Ele e o canário. Um dia, ele revirou tanto os olhos esbugalhados que eu ri foi de sacudir. Foi quando a vó e a Sá Inha acharam por bem me levar para Muriaé, para a benzedeira mais importante da região. O capeta passou da perna para a boca. Dali para o corpo todo ia ser um pulo. Sá Inha não tinha mais arruda que prestasse. Quando o diabo ri é porque ganhou a luta. A mãe, conivente com aquilo tudo, passou a ter certeza de que eu era uma exibida, uma vagabunda. Também, com um nome daqueles!

No mês passado, comecei a notar que vivo em arrepios. Na janela, a cortina de tule marrom torna o sol uma coisa triste toda vida. Não me lembro de como esse tule chegou aí. A primeira vez que notei aquela camada marrom foi no inverno. Palavra que não me teve serventia alguma por anos.

Inverno era uma blusa tricotada de gola rulê e um leite queimado na mesa com toalha pela metade para o farelo do caramujo com manteiga não cair no vidro.

Foi olhando para uma dessas mesas de toalha pela metade, uma mesa íntima, que minha mãe anunciou que eu nunca teria filhos. Eu tinha dezesseis anos e minhas ancas doíam de tanto sexo na noite anterior. Sentia dor feita de um prazer tão intenso, fortalecido pela memória da noite passada, que, olhando para ela, ao ouvir seu anúncio eu ri.

Gargalhei. Ela logo identificou o demônio em mim, espalhado e à vontade dentro dos meus ossos que sacudiam em riso solto de descontrole. Dos abortos que eu fiz aos meus planos de carreira, ela poderia ter razão. Não parecia sobrar espaço ou ternura em mim para que eu virasse mãe. É preciso ter espaço para ser mãe. Ceder espaço no próprio corpo, espaço de tempo, espaço para abranger e para proteger.

Eu não tinha essa generosidade em mim. É tanta ternura que ela alarga o corpo. O corpo de uma mãe é um campo fértil e disponível. Desde o início o corpo que recebe, que é fincado, cavado, regado, plantado. Quando não vinga numa primeira tentativa, é revirado do avesso e de novo fincado, cavado, regado, plantado, até que uma hora gera vida. A vida extrapola pelo corpo da mãe que parece explodir de tanto desejo. Não importa a trajetória, a vida precisa desaguar no mundo. O corpo então se alarga, dói, alaga, abre, rasga feito a terra para trazer vida. Esse mesmo corpo é depois costurado, remendado, estancado, descansado, desejado, sugado, desprezado. Em certa hora, vem de novo a vontade de filho. Chove e de novo é fincado, cavado, regado e plantado. O corpo de uma mãe é feito dessas concessões, desses horrores. Sentada ali na mesa fazendo aquele anúncio, ela tinha razão: eu nunca seria mãe.

Venho me esquecendo do meu filho. Até que uma hora será para sempre.

O tule marrom passou a proteger a janela toda, e me lembro da tarde de outubro quando notei a cor pela primeira vez. Coincidiu com a época em que eu vivia com uma sinusite impressionante. Uma dor intensa e pesada feito ferro entre a testa e o nariz. O ar me entrava gelado e me doía a cabeça. Lá fora já fazia menos um grau e a escuridão vinha galopante, entregando naquela parte opaca do mundo uma tristeza que está dentro das pessoas. Ninguém aqui já foi feliz debaixo de um sol suado de calor.

Algumas vezes eu notava o quanto o tule marrom destoava lá de fora. Eu notava aquela cor mesmo no verão, quando o sol se firma para além das dez da noite. Uma festa dentro dos outros. Que eu também vivi quando, aos vinte e sete anos, a casa estava calma, estávamos felizes, eu pulava na cama elástica do jardim e ele dizia que amava o meu nome com todas as pequenas letras, de tal forma que ele chegava a sentir raiva. Alguém, enfim, vai cuidar de mim e já posso deixar a mãe para trás.

Aí veio meu marido sensato com sua vida adulta.

Era quando eu já tinha morrido e uma forma de sujeira andava comigo, uma sombra. Não há água que limpe aquele borrão todo. Uma sombra suja e pesada como eram as cartas da minha mãe. Ela sempre, sempre sabia muito mais que eu. Era a resposta de todos os mistérios, inclusive os da gramática. As cartas chegavam como uma cara feita de não.

1: não seja fácil; 2: não durma com homens no primeiro encontro; 3: não se seduza por homens casados; 4: não abra as pernas quando usar vestidos. E só o que eu pensava era em dormir com homens casados no primeiro encontro e abrir minhas pernas quando usava vestidos. Cartas tolas.

Apesar do tule marrom na janela, quando eu tinha coragem de sair de casa, voltar era uma maravilha.

Duas janelas bem em cima da floricultura eram minhas. Foi generoso meu marido traído — um teto é muita coisa. Moldado por arranjos primaveris o ano inteiro, meu prédio de três andares como todos os outros. Mas era só entrar, tirar os sapatos, as meias, e acender o fogão para o café que me vinha o fedor do fim. Era a floricultura que não me deixava sossegada dentro da minha própria casa. Fazia com que me lembrasse a cada pulmão cheio que eu vivia com a morte, solta, invisível e indomada em algum canto daquele cubículo onde viviam pulsantes as cartas da mãe. Faço o que posso. Abro os olhos, um sacrifício. Esqueço de amar meu filho. Levanto-me. Escovo os dentes, lavo o rosto com sabonete. Faço minha parte.

Abro as cortinas todas as manhãs como se acreditasse em promessas, como a toalha de linho do Natal que depois de tanta euforia é calada e aprisionada de volta na gaveta, amarelando-se, envelhecendo apesar de tanta esperança nos dedos que passeiam por ela nas noites de festa. Sequestrada nos fundos de uma cômoda de madeira, a toalha é o hiato entre a tragédia rotineira do bater dos ponteiros em movimentos monótonos e a primeira decepção do ano novo que se transforma em tragédia rotineira do bater dos ponteiros em movimentos monótonos até que o pedaço de linho seja libertado mais uma vez em cega fé e desavergonhada esperança.

Quando faz sol até abro o vidro, três centímetros. O cheiro das flores é o cheiro fétido que apodrece conforme as horas avançam para o fim. Cinco horas. Dobro a toalha de crochê na mesa para o café. Não vem ninguém. Na porta, silêncio. Mas faço minha parte. As pessoas começam a chegar, mas não vem ninguém, é só o silêncio. Estou sempre sozinha. Eu nasci seca. Em volta de mim, a vida não cresce.

Minha vó dizia que era o capeta da perna que tinha ido morar no ventre. Sou uma possuída. Cortava minha pele na tentativa de me desfazer aos pouquinhos, sem grandes alardes, de mim mesma. Mas alguém sempre vem até mim, como o rochedo no mar, e me salva. Fui feita para sobreviver. Tento concluir essas horas doídas, mas sou sempre salva. Fiz um buraco na coxa, uma vez.

Era tanto sangue que a preta que cuidava da nossa casa recolheu o líquido num copo e levou com ela para a macumba. Dizia que curava tudo que era doença com o salpicar do meu sangue. Que era uma poção poderosa, feita de veneno do demônio, e que, quando ardia em outro capeta, apagava tudo e curava as *sofrências*. Corria veneno na minha veia. Nunca prestei mesmo. Ria na missa, ria quando me benziam. Ria em enterro e velório. Uma vez, o cheiro de flor foi tão forte que vomitei debaixo do caixão. Foi um transtorno. Tiveram que mudar o corpo de lugar. Enquanto limpavam o chão e me davam água com açúcar, puseram o caixão debaixo da janela, mas, sem firmeza nas mãos, a caixa se virou feito um barco em naufrágio e o corpo caiu no chão, esborrachado e fazendo um barulho. Parecia até morrer de novo. Eu ria de sacudir. Tiveram que me tirar de lá. Era o capeta que não me deixava em paz nem na dor dos outros.

Naquela semana, enquanto eu, em choque, sofria a morte de um amigo, minha mãe ficou muda, não estava, era uma ausente dentro do seu corpo volumoso que circulava a fazer almoço, a me alimentar. Era sua autoridade para a minha falta de controle.

Descontrolada, acabei por engravidar.

Tudo que eu pude fazer para não ser mãe eu fiz. Cheguei a tirar de mim uma vida insistente umas quatro, cinco vezes. Mas o menino nasceu, no fim. De todas as sementes, duvido que tenha sido a melhor. No fundo, nunca nos demos bem. Eu o achava bom demais para viver uma vida que prestasse. Quando passei uma noite com ele no hospital, o médico informou que era o crânio que tinha fraturado. Talvez o cérebro tivesse sido afetado. Rezei para que morresse, e essa foi minha maior prova de amor a ele. Se fosse ficar dependendo de mim, enquanto vegetasse numa cama que cheirava a mijo, com fome, tenho certeza de que eu me esqueceria dele como se esquece de um forno ligado. Mas o menino era forte e herdou de mim essa sobrevivência teimosa.

Apesar de se expor, é sempre salvo. É um deboche.

Na rua para cima da casa da vó, morava a dona Marli. Na fachada da casa, um cartaz feito de papelão dizendo que se arrumava bainha, fechos, botões. Mas o que levava os filhos dela à escola e às lojas para arcar com o material escolar eram os abortos com agulha de tricô que a mulher fazia no beco entre a casa dela e a gruta de Nossa Senhora Aparecida que vinha antes da parede grossa da igreja.

Só entrava no beco da dona Marli menina pobre. O pessoal que frequentava a pizzaria e o clube de piscinas ia para a clínica enquanto a cidade acreditava que as meninas ricas operavam de gastrite ou amigdalite. Morreu muita moça depois de passar pelas agulhas da dona Marli. Moça pobre.

Uma vez, a polícia fez uma busca. Mas, costureira que era, não levantou suspeitas. Deixava as bacias de alumínio areadas e brilhantes e colocava, cuidadosamente, um cesto de lã de várias cores com as agulhas fincadas dentro. Também não levantou suspeita alguma a vasta plantação de arruda no quintal.

Chegaram a chamar a mulher de criminosa, de assassina. Mas quem gritava isso nas ruas ou nas rodas de bar era só quem tinha dinheiro o suficiente para não precisar dela. Era muita desgraça. A menina que trabalhava no tio ficou grávida de um dos meus primos. Para ajudar a mãe com leite, arroz e feijão, ela mentia a lista de mantimentos para cima, mas também deixava o rapaz trancá-la nas dependências de empregada. Foi tanto abuso que uma hora saiu do quartinho grávida. Na dona Marli contou a história. Depois que morreu de infecção, a família do tio pagou, na surdina, o enterro da menina. Dona Marli se safou porque sabia quem era o pai do feto que cutucou até se desmanchar em sangue pelas pernas bonitas da moça morta. Não eram cinco da manhã. De camisola e um bolo de dinheiro na mão, bati na casa da dona Marli. Ela mesma atendeu. Os olhos saltaram de surpresa. Olhou para os dois lados da rua numa pressa antes de agarrar minha cabeça para dentro da sala da sua casa.

No início, ela se recusou a me ajudar, mas eu prometi mais dinheiro. O suficiente para comprar um estojo de lápis de trinta e seis cores. Ela segurou minhas mãos, acariciou as palmas, olhou firme nos meus olhos. Estávamos as duas assustadas. Os cabelos crespos da dona Marli faziam uma sombra na parede que lembrava uma coroa de espinhos. Ela me deu a mão e me guiou pelo beco de terra batida até a casinha de costura no fim do quintal. Enquanto eu folheava revistas *Manequim*, dona Marli fervia água e dispunha com cuidado várias agulhas de tricô e um vidro de álcool em cima da mesa, junto com chumaços de algodão e folhas de arruda. Tomei muito chá e aquilo já devia ser suficiente para matar qualquer feto, mas, por via das dúvidas, deitei-me na mesinha de moldes, abri lentamente as pernas e desmaiei. Dona Marli fez meu filho virar uma poça de sangue enquanto eu, desmaiada, não sentia muita coisa. Ela foi muito rápida e, quando acordei, vomitei muito. O cheiro de sangue era um exagero. Senti cheiro de flor, de sangue, de morte. Segui cambaleante para casa e antes das sete já estava na minha cama cheia de sangue numa poça que virava um lago a cada contorcida minha. Eu morreria afogada. Fui salva pelos meus pais, que me levaram para o hospital onde fui tratada. A cidade inteira soube da minha gastrite, e eu sobrevivi, imortal que era, apesar de chamar pelo nome do fim tantas vezes. Mas ele não vinha nunca. Nunca. Não vinha. Nunca.

Meu pai, meses depois, bateu na casa da dona Marli, mas a mulher sabia que mexia com a desonra e a vergonha das famílias. Ninguém queria que ela fosse exposta. Dona Marli deveria ser esquecida e minha mãe me jurou de morte, e eu também queria que ela morresse.

No hospital, com meu filho, me perguntaram.

O menino caiu da escada. Lá de cima. Imagine que eu andava numa confusão sem fim. Trocava o dia pela noite, botava sal no café, tremia as mãos e tinha medo de que a campainha tocasse. Era um barulho tão agudo. Um dia, encomenda bate na porta. Com meu filho nos braços, o pânico e as mãos escorregadias, o menino, em queda livre, foi parar no primeiro chão que encontrou, lá longe, bem lá embaixo. Meu marido nos levou para o hospital. Não me dirigiu a palavra. Estava com medo de mim. Foi ali que comecei a ver que me espiava. O menino quebrou a parte dura da cabeça, mas não furou os miolos. Voltamos para casa semanas depois e ele cresceu para me abandonar. Merecimento meu. Ele caiu da escada. Minha confusão. Venho ouvindo vozes, vendo coisas. Vozes e coisas que saem de trás do tule marrom na janela.

Hoje, quando abri a porta do meu apartamento, notei o botão caído. Andava com aquele botão bambo e, se uma hora caísse, era mau sinal. Recolhi do chão o dourado que um dia enfeitou a novidade que foi o casaco e o enfiei no bolso rasgado. Ia viver ali, numa redoma feito o copo do meu casamento, lascado, quebrado, dentro do guarda-louça que junta poeira como meus cabelos fora de moda.

Parei a um passo da porta ao lado do cabideiro e olhei para a frente. Com surpresa, vi que lá estava o tule marrom, e eu nem tinha notado por esses dias. Andava ocupada com aulas particulares. Ensinava português para estrangeiros. Como minha mãe, era excelente em português!

Passei a querer estudar a língua porque lhe era tão cara. Uma perda de tempo mútua. Quem quer aprender português? Que professor acredita que o aluno precisa aprender português? Em quanta mentira e farsa eu preciso me enroscar para sair de casa e comprar um naco de queijo e uma garrafa de tinto? Eu, com cinquenta anos, virei uma velha miserável que perambula pelas ruas ilesa, anônima, desimportante. Pensei no meu filho, o que vingou. Não nos conhecemos. Se ele soubesse que me falta fruta em casa... Parei de pensar em hipóteses desconexas ao me lembrar do quanto me esquecia de pensar nele, naquele que nasceu, apesar de eu não querer.

Quando meu marido me tirou de casa, tinha razão. Ele mesmo fez minhas malas e posicionou cada uma delas na porta já entreaberta. Ele sabia que eu não tinha iniciativas a não ser para feri-lo em silêncio. Senti muita culpa quando abri a mala na pensão onde passei aquela primeira semana depois de sair de casa. As mudas de roupas estavam dobradas, os sapatos numa sacola de plástico, a escova de dentes vinha com a pasta e o fio dental envolvidos numa fita durex para não se perderem, desodorante, sabonete e uma loção hidratante. Havia um batom também. Eu que nunca imaginei que fosse vista ou notada por ele, vi na minha mala o batom vermelho que era o único que eu usava. Teve o cuidado de posicionar a caixa com as cartas da mãe em cima de tudo para eu ter certeza de que levava o que mais precisava. A culpa foi por isso, pela mala bem-feita. O homem quase nunca me tocava, nem por sexo nem por violência. Estava morto, mas me notou uma última vez.

Eu cheguei a arrumar a mala do meu filho quando, uma vez, ele viajou com a escola. Enfiei as peças, sapatos, meias, cuecas, tudo quanto achei, como se fosse um depósito. Nenhuma muda de roupa dobrada. Apesar do meu filho, nasci, de fato, seca, dura lá dentro.

"Filha,

Entenda bem que manipular os outros não é qualidade. Tenha cerimônia na relação com os outros. Eles se quebram.

Uma hora você sentirá o frio passar pela rachadura dos seus ossos expostos e arranhados. Ninguém vai ligar. Ninguém vai te ouvir chorar.

Você me escreveu dizendo que se sente manipulada por mim. Mas onde já se viu uma ideia descabida dessas? Se lhe faço sentir medo, se lhe conto histórias de bruxas e lobos, é para o seu bem. Meu dever é te preparar para a decência. Um dia você vai saber que até quando eu brigava para lhe arrancar o diabo do corpo, quando você era desobediente, era para o seu bem. Se você se chamasse Rita ou Tereza, eu sei que Deus não teria tanta fúria por mim. Maldito o seu nome, minha filha. Devemos estar vigilantes. Sua alma é aberta para malfeitos. Precisamos estar atentas. Estarei sempre ao seu lado quando o diabo se aproximar. Confie em mim e em Deus.

Com amor sempre,
Sua mãe"

Aquela carta era antiga. Mas lá estava, como um sinal dos tempos, me dizendo que, apesar da minha idade avançada, mais uma vez eu era perversa. Machuquei e destruí qualquer esperança de convivência com meu marido. Minha mãe que nem morta me esquecia. Nem morta deixava de me controlar e sempre com o amor, sempre para o meu bem.

Cheguei a escrever para ela uma resposta atrasada, fora de hora. Queria dizer que não confiei em Deus e não sinto remorso. Não sinto pena. Abandonar meu marido, meu filho, a casa, não me dói em lugar nenhum. Nada disso me quebrou ossos ou rachou a pele dura, seca. Sentada aqui com essa carta amarelada nas mãos, sinto o tremor do excesso de álcool vir e sumir, espasmos. Olho pelo vidro arranhado da janela uma rua em silêncio, pessoas que se machucam, pessoas que amam, pessoas que sofrem, pessoas cheias de mães, plateia e amor. Eu não sou uma delas. Só a mãe me faz voltar para os dedos que seguram a carta. É o único incômodo em mim.

Até o apartamento do meu marido vagar, fiquei na pensão. Foi ali que concluí a história do amante. Fui me envolver com um cretino. Feito eu, com compromisso, vaidoso, falava dele, das coisas tolas que já tinha feito na vida, e carregava aquelas cretinices como troféus.

Senti raiva por ter tido que sair de casa por um merda daqueles. Se ao menos tivesse sido alguém de valor e que destoasse de mim, mas não: um homem vazio, tolo, velho e eu lá, alimentando sua vaidade infundada. Pelo menos achei que ele merecia esse engano. Não quis mais saber dele. Foi um monte de nada, um tempo perdido, e disso eu me arrependo.

Minha mesa posta para o café agora já tem companhia. A campainha toca, as pessoas se sentam. Mulheres que também perderam as mães. Há apenas uma xícara, a minha. Mas a mesa está cheia dessas pessoas. Falam rápido e me confundem a cabeça. Estão todas comigo. Às vezes, custam a ir embora. Chego a colocar a vassoura atrás da porta, mas elas me acompanham. Muitas vezes preciso ser rude, gritar para que me deixem com um pouco de paz e silêncio. Quando elas vão embora, traço labirintos da cidade numa folha de papel. É a minha meta: sair do labirinto. Meu desejo é não precisar passar por essas mulheres órfãs enquanto acho minha saída. Se eu conseguir sair, conto para elas onde está a porta aberta.

Na rotina, dou aulas. As aulas de português para estrangeiros e a fome andam de mãos dadas. As aulas escassas, a fome abundante. Um complemento perfeito, infeliz. Economizo no queijo, mas preciso comê-lo. Ele vai ficando verde, e vou raspando o mofo e comendo o que está por debaixo. Mas assim perco pedaços. No entanto, se eu comer o queijo a cada fome, fico sem ter para o que olhar na geladeira. Há dias que quero frutas frescas, mas o que cai de árvore vai ficando caro, porque árvore já não existe nos labirintos que eu faço. O bom de morar em cima da floricultura é que o cheiro de morte me tira a fome, do mesmo jeito que me sequestra o resto de vontade de viver que vem e vai, vez ou outra. Tento me lembrar do amante para sentir que estou viva, mas ele não vem mais aqui, não o suporto. A caixa com as cartas da mãe me acorda. Sinto uma pontada na barriga. Estou viva, apesar de me sentir mal. Uma peneira, uma censura, olhos baixos, obediência. Meu riso de lado é para provar para aquela caixa que o que sobrou dela cabe assim, no tempo que eu quiser. Posso inclusive rasgá-la. Para isso, basta me atormentar um pouco mais. Posso desobedecê-la e até gritar meu nome em alto som para assustá-la.

E há os sonhos. Sei de gente que nunca mais sonhou com quem morreu. Deve ser feito a mão violenta que cobre os olhos em abrupto golpe como quem cala uma boca num sequestro. É quando se arranca o direito de rever, mesmo que em névoa, um passado bom. Um nunca mais. O ponto-final. Venho sonhando com minha mãe morta. Vejo fantasmas quando fecho os olhos e faço silêncio. Eles invadem meu contorno e arrepiam meus braços, deixando fria a cama quente.

Nas noites quietas, eles fazem bagunça. "Não pise na grama." Parecem a própria morte sem cerimônias, penetra de festas, orgulhosa do caos provocado.

Os sonhos são os fantasmas que em fios de ar e sopro escapam do guarda-roupa tão calado e inexpressivo durante o dia. Da minha cama encaro a mobília pesada cujas maçanetas viram olhos de fogo que cospem confusões, desaforada. A essa hora já me encontro num barco, sem margens. Ao meu redor, respirações em paz. Falam comigo os fantasmas. Só eu os escuto, só eu lhes dou atenção e tempo. Acomodam-se aconchegados dentro do meu horror amplo, espaço tão convidativo que eles parecem não querer ir embora. De dentro do guarda-roupa, voam blusas e saias da minha mãe. Parecem fios de cabelos ou algas em piscina, mas são suas roupas que estão vazias dela, preenchidas por fantasmas risonhos feito ela nas sextas-feiras com o diabo no corpo. Agarro o lençol. Cheguei até a margem. Um gole de água. Insistir no descanso. Acordar mais calma, olhar o guarda-roupa e concordar que é hora de trocar os móveis de lugar.

Eu fiz planos de largar a mãe. Partir e deixá-la para trás era um gozo. Os olhos de choro numa chantagem barata que dizia me amar. No dia em que fui embora para sempre, ela me entregou um envelope com suas economias. Seu pesar era ficar sem ter a quem culpar pelo diabo que nos rondava. O demônio passaria a ser todo dela. Passou, então, a me assustar por cartas.

Não sei como dizer isso, mas sua mãe morreu.

Não é possível. É engano. Minha mãe já morreu faz tempo.

Você não tem mais mãe?

Tenho mãe, mas ela já morreu. Quem tem quatro filhos e perde um nunca diz que tem três, certo?

Sim, ela morreu faz uma hora.

O homem repetia que sentia muito, mas que minha mãe tinha morrido há uma hora. Fui conferir e não correspondia: minha mãe, há muito, tinha transformado uma muda de cerejeira em árvore frondosa, fértil que era de corpo. Não venha me aplicar nova dor antiga. Essa eu já sei como se sente. Fui lá conferir o relógio e o homem de cabelos que lhe cobriam os olhos dizia umas verdades. Minha mãe morria mais uma vez, sem parar, e não fazia uma hora. Isso já faz quase nove anos.

Bilhete de geladeira:

Não esquecer: atear fogo no guarda-roupa.

Na floricultura, um casal alterna os turnos. Muito simpáticos, os dois me oferecem café sempre que passo demoradamente na sua calçada, fingindo interesse pelas flores.

O que quero, de fato, é um café, biscoitinhos que começaram a me dar desde que passei a aceitar só os cafés. Um no turno da manhã e outro à tarde.

Talvez escutem o eco da fome que me persegue feito o telefone mudo sem alunos para aprender essa bela língua, esse inútil código para sentir e dizer. A língua ilhada. A língua sozinha. Este português.

Fingem interesse pelo que faço, pelo que, de fato, não faço. São cordiais. Informam-me que não falam outra língua que não seja a deles, aquela que nasceram sabendo.

Quero dizer a eles que a língua, a estrangeira, é uma ostentação. Enche-se a boca para dizer que se sabe uma língua, mas a língua só sabe quem a usa. Para usar uma língua é preciso conviver com ela.

Amá-la, usá-la, detestá-la, rejeitá-la, habituar-se a ela, apropriar-se, então, dela.

Estudiosos não são os verdadeiros falantes da língua, e os falantes da língua não ganham o crédito dos estudiosos porque sabem a língua naturalmente. O estudioso precisa dizer que sabe, precisa se convencer de sua importância.

Lembro-me do meu professor de russo. A mãe me mandou aprender uma língua. Ela me queria culta para parar de abrir as pernas como se fosse uma atividade a fazer depois da escola. Meu professor era um acadêmico, tradutor de Tolstói, uma sumidade! No vilarejo onde morávamos, ninguém sabia russo feito ele. Ninguém sabia russo nenhum. Era de uma importância merecida, o homem. Estudou na União Soviética quando pisar lá não era possível sem burocracias de fazer os ibéricos parecerem escandinavos. Ficou meses em navios e anos no frio de condições subzero. Quando voltou aos trópicos tinha febres frequentes, delírios de guerra, matrioska, sonhos de kremlin, *ushanka*. Chegaram a achar que morreria. Retomou o vigor, benzeu-se, passou a frequentar a igreja, rezava, começou a dar aulas, e eu era uma das suas alunas mais aplicadas. Mas minha saia era curta demais. Minha blusa, transparente demais. Assim, era recomendado que eu ficasse sempre mais que a hora. Só me lembro da palavra пизда. Numa tarde qualquer de sol quente, vejo vindo lá no começo da rua uma família estranha, nunca vista por ali antes. Ao lado da família, tentando um passo rápido, o filho manco da Sá Inha. Vinha com aquele passarinho na gaiola e só podia ser má sorte. Eu tentava falar com eles e não conseguia. Começou um riso que se espalhou em mim. Minha vó foi na rua se desculpar com a família e explicar que eu era possuída, tinha o diabo no corpo desde antes de nascer e ria quando não era para ser. Eles pareciam falar russo e eu gritei: пизда! Pararam, me olharam. A mulher veio ao meu encontro. Parecia me fazer perguntas, pedir informações. Mas eu não sabia outra palavra que não fosse aquela. O homem me olhava com fome. Fui chamar o professor de russo. Nenhuma sorte ali. A família falava um dialeto e pouco se entenderam. Que diabos serviam aquela língua toda, aquele tempo passado na neve, no subzero, as febres nos trópicos, os enjoos dos navios. Não era capaz de falar com um camponês.

O capricho de uma língua é sua utilidade. Sem uso, gasto e abraço na lida de todo dia, transformam os livros e os estudiosos em tolos e pretensiosos. Coitado do professor de russo. Virou piada no vilarejo. Riam do homem culto, de óculos e dono da maior biblioteca da região, maior até que a da escola. Foi assim, exatamente assim que o camponês passou a fazer dinheiro. Ninguém mais acreditava que o professor culto da cidade soubesse russo. Ficou provado e comprovado. Quem sabia russo era o próprio russo. Aprendi, além de пизда, пенис. Ainda fazia a mãe feliz frequentando, sem faltar, as aulas de russo.

A língua é inútil, uma piada, a estrangeira. Sabê-la não faz diferença alguma. Meus alunos perdiam enorme parte do seu tempo.

A mãe tinha mania de ímã. Esse era um par de sapatos holandeses, os tamancos. Eram vermelhos e seguravam o meu bilhete e a nota dela na geladeira Consul.

"Atrás, traz, trás. Qual é sua dificuldade, minha filha? Não se esqueça das vírgulas. A falta delas pode lhe trazer problemas irreversíveis. Dessa vez, vá lá. Mas atenção, muita atenção."

"Querida mamãe, na parte de *traz* do armário do canto direito deixei uma surpresa mãe. Te amo."

Eu tinha nove anos e muita fé que aquela mãe poderia ser a melhor do mundo. Era um coração de papel com uma declaração de amor, tudo de uma singeleza sem tamanho. Mas trás e a vírgula eram o que valia. Pregado em cima do meu bilhete de amor, uma repreensão. Olhando para a caixa de cartas, me espanto com essa insistência minha em trazê-la comigo. Desejo a ela, agora, a morte. Sua autoridade ainda me norteia.

A mesa de café estava posta. Não veio ninguém. A janela estava revestida pelo tule marrom. Ouvi o barulho. Eu me virei e notei que na mesa agora havia gente. Me apressei a passar um café, o pó estava quase acabando. Sentei-me. As mulheres sem mãe me olhavam, olhos arregalados, pareciam se assustar. Talvez pressentissem alguma morte. Voltei à janela e foi quando, pela primeira vez, o ar suspenso, a vi: os dedos finos passavam pelos talos dos cravos como se desembaraçassem cabelo de vento. Qual seria seu drama? Tinha olhos vermelhos, expressão de má notícia. Enquanto eu tomava o café que levei cuidadosamente à mesa e ninguém quis, olhava os dizeres daquele silêncio todo que a mulher fazia com os dedos nos talos dos cravos sempre brancos. Minha mesa estava vazia. Foram embora e não disseram nada. Desci para vê-la de perto. Na floricultura, ela falou pouco. Limitou-se à compra das flores. Talvez eu tenha visto esse rosto antes, mas não gravei mais que uma suspeita de familiaridade. Não presto atenção em rostos, mas não teria esquecido os dedos desembaraçando os talos dos cravos brancos. Foi a primeira vez que a vi, os dedos, os cravos brancos.

Não se escondia sob óculos escuros nem sob andar cabisbaixo. Parecia ter orgulho da miséria que andava de braços dados com ela. Os olhos estavam vermelhos; o nariz, alargado pelas veias entupidas de pesar. Vestia calça jeans, blusa cinza muito maior que seu corpo minguado. Com os sapatos velhos e os cabelos despenteados, não acreditei que passasse na floricultura a caminho do trabalho. Parecia ter o luxo de sentir luto. Quem tem tempo para essas coisas?

Minha tia perdeu a filha num acidente.

Titia trabalhava muito mais do que parava em casa. Tinha no capacho os dizeres "o trabalho dignifica o homem".

A filha também trabalhava. Pegava carona toda santa madrugada para dar aulas.

Um dia o carro derrapou na chuva, capotou. O motorista saiu sem ferimentos. Minha prima bateu a cabeça e *ploft*. Titia deu-lhe o enterro e as honras merecidas.

Isso foi numa quinta-feira. Na segunda, titia já estava de volta ao trabalho. Dizia não ter dinheiro para luto. Precisava pôr arroz e carne na mesa porque ainda lhe sobravam três crianças. Não teve sorte a titia. Fiquei achando que devia haver licença-luto, como a licença-maternidade.

Ninguém vê o redemoinho na cabeça do pesaroso. Os pensamentos em tempestade, girando em tombos e deslizes naquela doença terminal. A tia só parou de estrangular o filho porque a polícia chegou alarmada com os gritos dos filhos que sobravam. A tia escapou. Foi para o manicômio. Se tivesse tido tempo para o luto, talvez não tivesse morrido por dentro tantas vezes.

Sem aulas a dar, marquei um encontro com meu filho. Ele nunca aparecia, mas mandava algum conhecido me entregar um envelope. Vazio de qualquer palavra e com dinheiro para a comida de algumas semanas, de meses, se eu me controlasse. Uma moça de uns vinte anos, diferente da outra da vez anterior, me olhou fundo nos olhos, semblante de nojo, estranhamento, de uma ponta me passou a outra daquele dinheiro feito de humilhação, não para mim, para o meu filho. Ele não passou a desgostar de mim. Não foi só quando o pai dele descobriu que eu não valia a chave de casa e me jogou para fora que ele sentiu nojo de mim. Desde pequeno, nas raras vezes em que nos acariciávamos, ele limpava meus beijos, sentia nojo do meu hálito, escondia-se das minhas mãos, limpava meus toques na calça. Mas como eu sou deplorável. Nunca me machucou essa desistência dele comigo. Poderia ter gritado, sacudido aquele corpo bem-feito, implorado para que eu mudasse, me enxergasse com minha autoridade de mãe, mas deixei pra lá porque vive em mim essa indiferença que recolhe pratos em silêncio, que flutua pela sala sem perceber que há gente sentada no sofá, que arruma o quadro torto tropeçando numa canela que estava a me seguir. Desistimos um do outro já fazia tempo porque lutar sangra, demora e frustra, e eu não tinha qualquer interesse nessa batalha. Não chegamos a ser íntimos.

Nunca trocamos cartas. Eu me certificava do progresso da sua escrita por conta dos cartões medíocres e forçados que o coitado era obrigado a produzir no Dia das Mães. Um dia de violência para mim e para ele. Um dia para ser esquecido, riscado do calendário escolar e comercial. Um dia de martírio. Notava-se no pátio da escola a ausência das mães. Eram várias categorias: as que morreram, as que viajavam, as que se esqueceram e a ausente. A que resistia ao papel de mãe era eu. Mas naquelas celebrações forçadas éramos violentados, arrombavam nosso desejo de distância, de frieza, num desrespeito descomunal, e tentavam inaugurar uma vida melhor entre nós.

O que as pessoas sabem da vida alheia é tão pouco ou nada que o ridículo de festas assim se alastra rapidamente para uma espécie de violação emocional. Como na maioria dos estupros, silenciamo-nos durante e depois do abuso. Todo ano eu abria o envelope e lia sem nenhuma alteração nos batimentos cardíacos: mãe é amor. Feliz dia das mães.

Com o envelope mudo enviado a mim pelo meu filho, passei a comer nas semanas que se seguiram.

Uma encomenda de casamento fez a floricultura transbordar aquele cheiro morto.ˊ

Lá vai a noiva, toda de branco, carregando uma boa vontade dos diabos, carregando flores que vão apodrecer feito a beleza daquele dia. Todas as mulheres sentadas à minha mesa esperando o café riam da noiva. Foi quando percebi que nenhuma delas tinha dentes. Lá vai a noiva achando que aquele é o dia mais feliz da sua vida. E as mulheres que me faziam companhia quase todos os dias escancaravam suas gengivas, os olhos cada vez mais arregalados. Estavam, a cada vez que vinham, mais parecidas com a morte.

Lá vai a noiva sem saber que naquela passarela que desemboca num altar sagrado onde não há Deus nenhum, dizer sim para o não da vida, sob vistas de parentes e amigos que nunca tiveram a coragem de lhe oferecer conselho melhor. Lá, fincado feito árvore, um noivo, um qualquer que será, invariavelmente, desmascarado ao longo da desunião que começa lá naquele hoje, quando vai lá a noiva. Porque os dois começam, lá naquele dia mais feliz do mundo, a travar uma batalha na frustrante tentativa de transformar em outro a pessoa que dizem que amam.

Na minha casa, o barulho de riso era insuportável. Tive raiva daquelas mulheres que pareciam rir de mim cada vez mais. Retirei as xícaras rispidamente da mesa. Ao pegar o último prato, uma delas agarrou meu pulso. A louça caiu, um barulho infernal, tudo quebrado. Sangue nas pontas dos meus dedos, e as mãos ossudas daquela mulher me seguravam com força. As unhas eram roxas e azuis de sangue estancado. Pedi que me deixassem em paz, gritei até. Não me ouviam. Travei uma briga física com uma delas, a das mãos roxas e azuis. Procurava a janela para jogá-la de lá, mas o tule marrom estava ficando cada vez mais espesso, difícil de romper. Abri a porta para enxotá-las da minha casa. Mas não me escutam. Em vez disso, debocham a cada vez que bato a mão na mesa. Não consigo agarrá-las. As mulheres não têm cabelos. Os olhos são grandes, não têm dentes. Não querem ir embora. Minha vizinha se aproxima da porta aberta e pergunta se está tudo bem. Claro que está tudo bem. Não se pode ter privacidade. Fecho a porta na cara dela. As mulheres sumiram. Desço até a floricultura para um café com os donos. Minha sala parece intoxicada de cheiro de flor, hálito de mulheres sem dentes.

Não cheguei a entrar na floricultura, eu a vi de novo. Entrou, cumprimentou a dona do estabelecimento, comprou as flores brancas, olhos inchados, vermelhos, doídos como sempre estão. Foi embora. Nas semanas que se seguiram, ela aparecia às quintas-feiras para, como sempre fez, levar cravos brancos. Talvez ela tivesse perdido um filho. Eu perdi um filho, mas ele está aí, escondido de mim, com nojo e distância. Talvez ela tivesse de fato sido mãe e levava cravos brancos para o menino que era uma vez. Talvez fosse a mãe dela. O marido, o amante, os dois? Talvez.

Quem quer que fosse, dava a ela um peso que só o amor nos concede. Tanto amor... Só para, no fim ou no meio, nos pisotear os ombros com botas de pregos, arranhando, adentrando carnes e deixando crua a maciez que havia. Lá vai a moça dos cravos brancos, sendo pisoteada enquanto compra flores.

Na chuva da quinta à tarde, da janela, eu esperava chegar um dos alunos particulares. Cancelou. Sempre cancelava. O telefone não parava. Eu ouvia, os vizinhos ouviam. Mas era sempre para cancelar.

Ninguém me ligava para marcar aulas novas. Quando perguntavam sobre preço e horário, um ruído ensurdecedor tomava conta daquela linha e eu já não entendia nada. Pareciam falar uma língua estrangeira. Talvez falassem mesmo, de modo que eu não estava conseguindo marcar aulas.

Quando cancelavam, eram breves. Não dava tempo de a linha se embaralhar. Ouvia claramente: cancelar. Não chego a tempo. Tive outro compromisso. Dentista. Médico. Massagista. As costas entortaram. Não consigo andar. Uma visita inesperada. Fiquei sem carro. O ônibus atrasou. Cancelada a aula.

Vi passar a mulher dos cravos, à toa que estava. Sombrinha azul-marinho, entrou na loja e saiu com cravos brancos. Um carro a aguardava. Com a chuva, não decidi se era homem ou mulher. Foi breve dessa vez. Não deve ter trocado bom-dia ou saudação que valesse. Também não vi se os olhos estavam inchados e vermelhos como de costume. Na outra semana, ela não foi. O proprietário da floricultura disse qualquer coisa sobre faltar cravos. Talvez tivessem perdido a cliente, eu arrisquei saber.

Ela voltaria na semana seguinte, como fazia todas as semanas havia três meses. Sem faltar? Sem faltar, ele retrucou com olhos pesarosos e balançou a cabeça. Não deixa a memória da mãe em paz. Vive atrás dela, leva flores, visita quase todos os dias como se cemitério fosse hospital. Talvez alguém já tivesse sugerido que fosse internada, mas ela consegue demonstrar lucidez e sempre escapa.

A mulher dos cravos sempre escapa feito eu no rochedo do mar, no aborto, e sempre é salva. Em comum, temos um mundo inteiro feito de mãe. Não conseguimos nos livrar delas mesmo que largadas debaixo da terra, comidas de vermes, adubo, carcaça.

Lá embaixo, a autoridade que complementa nossa dependência. Há forma mais bonita de enlouquecer? Uma mãe que fracassou como a minha. Uma mulher que transformou a outra em vítima dependente das suas atenções e permissões. Não se dá um passo sem comprovar nos olhos que o avanço é permitido, que um passo à frente não nos faz cair no calabouço cuja chave ela esconde num lugar proibido, debaixo da saia, onde, ela diz, só o pai alcança. Sei. Agora, sem os olhos de apoio, cambaleamos indignas nessa dependência vazia. Ausente. Ausente. Silêncio. São os gritos da morte. São as sobras do amor possessivo que depende da insegurança da filha para florescer, vingar.

Algumas compram flores. Umas olham o tule marrom da janela. Outras perdem cabelos, dentes, esbugalham olhos e atormentam quem deixa portas abertas. Todas são vítimas, resíduos da tempestade, lixo. Todas precisam morrer. Todas devem deixar de existir para que a dor pare.

Mês de maio era quando a gente coroava Nossa Senhora. Duas filas paralelas subiam as ruas do Centro até chegarmos ao largo da Matriz. As meninas vestidas de virgens ou anjos. Uma menina rica tinha a preferência do padre para segurar o estandarte, função de honra. Meu dia de coroar a Virgem Santíssima tinha chegado. A mãe e a vó, muito orgulhosas, se ocupavam dos preparativos como se fosse ceia de Natal. Palminhas da mão juntinhas, filha. Segure entre elas o terço e a rosa branca da Virgem. Não deixe cair, pelo amor do nosso Jesus Cristo. Deixar cair um terço é mau presságio, coisa ruim mesmo, dá até morte na família. Depois de subir as escadinhas cantando mãezinha do céu, pronta para colocar a coroa sobre a imagem da santa, o terço se prende na renda do meu vestido de anjo e se solta. As pedras, em queda livre, batem e voltam do chão. Uma coreografia assombrosa até a cruz do terço ir parar aos pés do padre, que não permitiu que tocassem os sinos; todos os fiéis saíram da Matriz de cabeça baixa, em sinal da cruz, me olhavam atravessado como se eu tivesse um demônio no corpo. Mãezinha do céu, eu não sei rezar. Só sei dizer quero te amar. Azul é teu manto, branco é teu véu. Mãezinha, eu quero te ver lá no céu. Foi a primeira vez que desejei profundamente que minha mãe morresse. Que fosse para o céu, para o inferno, que me deixasse em paz. Enquanto ela me batia, já em casa, tinha a esperança de que surrasse e expulsasse o diabo junto. O pai, olhos no chão, concordava com a mãe.

Pelo bem do meu filho estamos desconectados, desconhecidos. Ele é um homem bom. Coitado, merecia o amor de uma mãe. Eu me esqueço dele. Passei a apagá-lo da minha rotina feito um exercício. Comecei me lembrando de não pensar nele. Aquela responsabilidade me atormentava tanto. Entregava o menino na escola e, se alguém fizesse graça dele, lá ia eu, coração agarrado nas mãos, carne viva, sofrendo. Nada daquela dor me valia. Não é só a falta de descanso que seca a gente. É a tristeza que, por vezes, nem eles sentem, mas mãe sim, inventa dor, rejeição, amargura, sofrimento, culpa. Como um mantra, passei a me esquecer dele. Um pingo por dia até que, feito aquele farelo de pão na mesa amassado com os dedos, virou poeira.

Quando eu viajava, tinha medo de morrer, de que meu filho ficasse sem mãe. Não por mim, mas sentia por ele. É que a pior das cruzes a carregar é uma criança ficar sem mãe. Veja que triste quadro o meu, sem a minha.

Eu viajava e pensava no que seria dele se eu morresse. Mas minha preocupação era patética. Devemos todos morrer um dia, mas não nos outros. O que seria do meu filho só me preocupava porque eu estava viva, porque pensava em hipóteses de fins abruptos. Quem ia tomar-lhe a tabuada com interesse e perceber que seis vezes sete é o que é, e não outra coisa qualquer? Eu arrancava os cabelos de preocupação, mas não era preciso. Se eu morresse, tudo se apagaria, inclusive minha dor pelo possível sofrimento dele. Claro, o menino talvez sentisse minha falta, mas eu não veria esse show. Não assistiria ao espetáculo de tamanha tragédia. A morte é a única libertação possível! Não se sofre quando se morre. É a liberdade profunda. A única que faz sentido na vida, essa vulgaridade em etapas. A morte é a única felicidade plena e independente.

Passei a levar a desistência nos olhos, na apatia do casaco pendurado sem dar boa-noite, no lanche só para mim, na resposta que eu não entendia e na qual não insistia, na ausência de uma carta. Ficavam lá, na mesa da cozinha, as palavras dele, aos poucos cristalizando-se em pedaços de silêncio enquanto eu me entediava com seus pequenos dramas e me escondia na garrafa mais próxima de qualquer tinto. Inundada por reflexões fúteis, cortou minha cabeça a mulher dos cravos. Quem será?

Com cuidado, preocupada em não fazer barulho e chamar a atenção dos vizinhos, abri a porta. As mulheres chegavam para tomar café comigo. Não demoraram. Ficaram algumas semanas sem aparecer, e foram dias bons esses que fiquei sozinha.

Quando faz um dia assim, arredo o tule marrom da janela e faço uma faxina. Ponho música, escancaro a janela que vive aberta em três centímetros. Gosto das noites. Os dias é que me preocupam, são tantos, inúmeros. Esqueço ainda mais do meu filho. Veja como ele não está aqui!

Chego a dançar com as retas de sol que desenham geometrias no carpete esburacado da sala. Sou grata pelo cheiro de flores podres da floricultura. Sem aulas de português frequentes, agradeço por ter rejeitado o quarto disponível em cima da padaria a duas ruas daqui, na casa de uma parente com doença terminal, dessas de corpo, das que se enxerga. Terminal com provas: olha lá um vômito, espia só o ar acabado. Já viu como caem os cabelos? Não era a doença terrível e terminal que em silêncio vem mascarada por sorrisos e festinhas, tules marrons na janela, mulheres sem cabelos e dentes que nos acompanham para um café, sexo, beijos, e devora o juízo até uma cartela de remédio inteiro ou uma janela bem alta ilustrar para que, agora sim, todos vejam que era terminal. Acabou. Conclusão. Fim da linha. O quarto da velha, em cima da padaria, era um quarto arejado, sem tule marrom na janela. Talvez com o tempo o tecido aparecesse, não sei. Hoje não o vejo. Hoje é dia bom.

Pareço até enlouquecer.

Vou tomar banho no meio da tarde. Ainda não estou morta.

Sinto muito que tenham passado pela minha vida homens desprezíveis, esquecíveis, imperceptíveis, brandos, neutros, invisíveis. Ainda não estou morta. Marquei uma hora para acertar a sobrancelha. Cheguei cedo. Sempre chego cedo a todos os lugares. Resultado de aulas canceladas, alunos que finalmente entenderam que a língua portuguesa é um acessório bastante dispensável.

Aguardava minha vez. Folheei revistas. Não conheço ninguém, rostos anônimos estampam publicações que vendem muito mais que jornais e eu, ainda assim, estou fora da Terra. A moça que vai acertar minhas sobrancelhas me convida para a salinha de tratamento. Ela pega minha mão e a massageia com atenção.

Sinto o corpo acordar. Estranho o toque raríssimo, com exceção de aperto de mão de alunos, também muito raros. Ela massageia meus ombros. Aquilo me relaxa imensamente.

Não gosto de massagens porque me fazem bem, e não me permito acostumar-me com o que me dá prazer. Não tenho como arcar com prazeres de nenhuma sorte. Nem comida, nem massagem, nem cabelos, nem artes, nem roupas, nem viagens. Quando a moça tocou meu rosto para acertar minhas sobrancelhas, senti nas mãos dela um cheiro de boceta. Talvez ela tivesse se tocado, com dedos inteiros enterrados numa lembrança de ontem ou de hoje de manhã. Dedos ocupados, abrindo espaços que a faziam crescer o torso, o pescoço, revirar os olhos, dedos quentes de urgência. Talvez ela tivesse enfiado os dedos no que sobrou pulsante, vivo da trepada da manhã, e não tivesse lavado as mãos. Respirei fundo, queria aquele cheiro vivo que me despertou uma urgência enorme de sexo.

Já não saberia precisar a última vez que fui tocada. Vivia sozinha e isso incluía viver sem toques, sem cheiros íntimos, sem sensações, sem gozo. Eu endurecia por dentro a cada falta marcada no meu dia.

Eu endurecia, eu sumia. Aos poucos morria. Meu quadro era irreversível. A mãe sentiria orgulho da minha decência, do diabo que se esvaía do meu corpo.

Quando saí do salão, caminhei mais do que precisava. Fui à biblioteca, à livraria. Olhava todos os homens que passavam por mim. Eu gosto de homem. Homens me davam abrigo e o sexo era melhor. Concluí que gostava de homem, mas os homens já me achavam velha — o diabo se descolando de mim. Estava quase me transformando na mãe, depois na vó.

Com cinquenta anos, não sei mais onde encontrar nem sexo nem companhia. Amor eu não quero.

Não mereço uma bondade da vida nem a piedade de ninguém. Como eu detesto pena! Só não é mais vulgar que o próprio amor. Voltei para casa, no fim das contas. Nenhum homem disposto a me ver. Alcancei a porta do apartamento aliviada. A vida continuava na sua normalidade. Eu morria. Definitivamente. Em volta da minha mesa, de mãos dadas cinco mulheres sem os cabelos riam sem os dentes e uivavam. Pareciam loucas.

Passei um café e deixei a mesa posta. Larguei as chaves no sofá e fui para a janela. Era dia de a mulher dos cravos aparecer. Sem compromisso, vigiei a janela.

Outro dia, vi uma nota debaixo da porta. Era uma aluna dizendo que devia entrar em contato com urgência porque eu não dava aulas havia meses e levei o dinheiro adiantado dela. Achei até que estivesse tendo alucinações. Mas o bilhete era real. A fantasia era a menina dizer que eu tinha aula para dar. O barulho de telefone que eu ouço com frequência não é o telefone tocando. É o que eu imagino se tocasse. Há alguém louco neste relato e eu me sinto muito bem e lúcida.

Tentei me debruçar na janela quando identifiquei o carro que trazia a mulher dos cravos. Mas o tule marrom estava no meu caminho. Além disso, uma sinusite pesada me dava uma enxaqueca que me impedia de mover os dedos. Mas era ela. Lá de cima, apesar do tule marrom, era ela. Cravos brancos, carro, sumia. Ia ver a mãe no cemitério como se fosse uma visita. Por causa do tule, achei melhor sair da janela, ficar em casa, na cama.

Apesar do cheiro de morte do apartamento em cima da floricultura, não me mudei de lá com vontade.

Tentei de todo jeito ficar ou pelo menos prolongar minha estadia até que eu criasse vergonha na cara e terminasse meu suplício. Passava dias lendo as cartas da mãe, agora livre, e investigando uma boa morte, mas todas doíam na execução. O que nos mata deve ser a dor. Tenho gastura por pulsos. Não posso nem imaginar abri-los que minhas pernas ficam trêmulas. Imagine a dor, veias bombando como se o coração tivesse se repartido em dois e cada metade estivesse ali, nos pulsos! Uma faca é uma dor agonizante, e ainda tentam resgate. Se a ambulância chegasse e me visse agonizando com uma faca na goela, seria bem capaz de me salvar, desafortunada que sou. Pular da janela seria possível. Arrancaria de vez o tule marrom que me vigia cada dia mais, imóvel com sua cor silenciosa. Que estrago faria o segundo andar? Seria levada para o hospital e, lá, eu sobreviveria com sequelas e sem condição de sozinha concluir o que não foi terminado.

Os remédios. São tantos. Vinho e remédio me parecem uma composição precisa para uma passagem tranquila com direito a uma viagem antes. Lembro-me de levitar, corpo relaxando, espírito subindo, saindo da minha carne. Dormi profundamente só para acordar no dia seguinte descansada e com fome. Firme. Uma sobrevivente.

Todas as mulheres que me esperavam à mesa para o café também ouviam o telefone. Passaram a rir de mim pelas costas. Não conseguia mais vê-las com nitidez, porém sentia o hálito de cada uma na nuca. Os risos ficaram mais abafados, um som preso como o de quem grita do interior de um copo. Passaram a gritar em copos e me davam medo. Minha cabeça era só arrepios, tocavam meus braços, eu lutava que me largassem, diziam para eu me debruçar à janela para ver a mulher dos cravos melhor. Uma chegou a me empurrar, quase caí. Mesmo assim, o tule marrom não se rompia.

No mês anterior à minha saída do apartamento, acho que foi um mês antes, segui a mulher dos cravos brancos.

Ela veio a pé e ficou um bom tempo na floricultura. Tive pressa em sair para não perdê-la de vista.

Era estranho como eu ainda não me esquecia de pontos de sobrevivência. Lembrava-me de ter fome, lembrava-me de esquecer o menino, lembrava-me de não pensar em sexo, lembrava-me de comprar tinto, lembrava-me das chaves, lembrava-me de não atender ao chamado do telefone que eu imaginava tocar. Posicionei-me do lado de fora do prédio, perto da porta, e esperei a mulher sair. Estranhei como tanta gente me via. Logo eu, que era invisível na maior parte do tempo. Homens e mulheres me olhavam como se eu chamasse a atenção. Alguns chegavam a olhar para trás. Talvez as mulheres sem cabelos e banguelas estivessem comigo. Eu não conseguia vê-las porque se escondiam atrás de mim, infantis que eram, mas talvez estivessem ali e todos as vissem, menos eu. Passei meus dedos magros pela saia plissada e florida. Tentei me arrumar e tocar no que estava tão errado que chegava a me fazer ser notada. Escorreguei os dedos pelo meu torso, pelos peitos e braços. Toquei os cabelos. Alcancei de leve o rosto. Nada de novo. Blusa abotoada, nenhum fecho aberto. Por que me olhavam?

Apertei o casaco contra meu corpo que vinha se alargando desde os quarenta anos e me enrosquei no conforto de tentar me esconder. Ainda assim me olhavam.

Duas moças da idade da mulher dos cravos brancos riam de mim, aos sussurros. Cansou-me tanta atenção, e resolvi me concentrar na saída da moça da floricultura. Ela levou tempo. Não sei a razão, já que sempre comprava as mesmas flores.

De sentinela, aguardei quando uma bota marrom feito meu tule na janela, seguida da outra, disparou da porta da floricultura. Não vi ninguém com ela. A única companhia eram os cravos. Abraçada a eles, com propósito, ela tomou a direção da ruela de trás e, quando criamos uma distância segura, comecei a segui-la, agora com passos largos para não perder um minuto da companhia que aquela mulher me fazia. Não devia ter mais de trinta anos. Pareceu-me bonita, mas muito comum. Dessas que envelheceriam para desaparecer e virar vulto nas ruas, nos ônibus, nos mercados, nas lojas, nos bancos se tivessem a sorte de ter que frequentá-los. Atravessou quantas ruas pôde até chegar ao portão do cemitério. Precisei esperar até tomarmos uma boa distância porque, como se espera de um cemitério, tudo era vazio e silêncio, vidas caladas pela terra desmoronada em tudo que foram e em tudo que não conseguiram ser. Satisfações e frustrações. Potenciais e fracasso, tudo lá dentro, enterrado naquele silêncio. Minha preocupação era também o grupo de mulheres sem cabelos que não me largava. Vozes roucas e grossas, mãos cada vez mais roxas e azuis que começavam a se espalhar pelos meus braços. As gengivas começavam a apodrecer. O hálito a cada risada era fétido. Pedi silêncio. Quase gritei por silêncio. Elas não me ouviam.

Contornei alguns túmulos aproveitando para observar nomes, datas, mensagens. Tanta gente que morre aos cinquenta e poucos. Com o outro olho eu seguia o propósito da moça.

De longe, vi que ela depositava cravo por cravo, falava sozinha, segurava a pedra fria que calava o grito morto da mãe. Deitava o rosto na palma das mãos. Suspirava. Arrumava as flores. Recolhia as flores da semana passada que tinham, decerto, cheiro de podre, o mesmo que deveria ter sua mãe. Se pudesse vê-la agora, não aguentaria a repulsa. Vermes e minhocas já teriam comido boa parte do que ela cristalizou e que agora, a cada semana, devota dez minutos como se não soubesse se livrar do excesso de amor que deve ter tido e que a tornou dependente e sofredora.

Minha mãe, quando não me julgava, me encheu de amor, cartas, muitas cartas, e por isso eu capenguei, desde que morreu. Tinha enorme cuidado por mim e eu acabava me acostumando com tanta palavra e orientação. O carinho era tanto, a atenção tão intensa, o zelo tão firme, que chegava a ser uma tremenda falta de respeito. No dia que ela morreu, imaginei viver, teimosamente, dentro de um pesadelo.

Quando acordei e o pesadelo morava em mim, tentei os trilhos do trem, mas recuei. Não tive tempo de fazer nada que tivesse dado certo para a mãe ver. Quando fiquei grávida, pensei que fosse nossa chance: eu viraria a mãe decente que ela sempre quis. A vantagem da morte da mãe é que não é mais possível passar por essa dor. Quantas pessoas se amam como se amanhã fossem terminar juntas e o que ocorre é que sempre há uma ruptura tão abrupta que enlouquece quem fica. Foi assim comigo. Enlouqueci, mas agora já estou normal.

Por isso tenho certeza de esquecer meu filho. Lembrar de esquecê-lo diariamente, nunca lhe escrever sequer um bilhete é minha prova de amor, se um dia me pedisse, se um dia se importasse, se um dia perguntasse.

Talvez minha única preocupação depois de adulta, de fato, tenha sido quando minha mãe ficou doente. Quando criança, eu me preocupava com tudo. Ninguém lá em casa podia pegar um carro e atravessar cidades, que eu construía e deixava pairar no ar um acidente horrível em alguma estrada.

Palavras que eu ouvia no noticiário, como ferragens, desastre, carreta, caminhão, derrapagem, tombou, capotou, traumatismo, ambulância. Eu soltava todas essas palavras no ar e pescava cada uma delas de acordo com a narrativa trágica que eu formava enquanto meus parentes viajavam. Uma vez o telefone tocou. Tinha sido uma prima. Perdeu o controle do carro, capotou, morreu na hora. Minha vó, quando ninguém via, dizia que eram meus pensamentos demoníacos a semear tragédia na família. Falava das vezes que tentou me benzer e eu ria descontroladamente com o diabo dentro do corpo. Minha vó me assustava porque dizia tudo aquilo com muita raiva, cuspe no canto da boca, olhos apertados e uma ruga muito grande na testa. O dedo indicador apontava, torto, na minha cara. Eu sentia muita vontade de rir, chegava a tossir e engasgar, mas segurava a alegria em vê-la ridícula e louca.

Desejei que a vovó morresse, mas não deu certo. Ela viveu anos, séculos, milênios, eras. Com um cigarro na boca a cada hora, câncer nenhum pegou aquela velha.

Naquele primeiro dia que eu segui a mulher até o cemitério, tinha muitas perguntas sobre ela. Possibilidades, suposições, hipóteses. Quando ela foi embora, deixando as flores, numa visita breve, caminhei mais um pouco contornando o cemitério por fora. Da grade, as pessoas continuavam a me olhar. Veio-me uma náusea. Atravessei as ruas de volta para casa. Começava a achar todos os prédios iguais. Custei a ver alguma diferença. Uma porta, uma cortina de cor estranha. Lá do jornaleiro avistei a floricultura e vi, no alto, o tule marrom da minha janela. Não dava para errar de casa por causa do tule agarrado ao parapeito, à vidraça e aos meus olhos.

O dono da floricultura chama meu nome. Eu me assustei porque nunca disse a ele meu nome. Não que eu me lembrasse. O que sei é que minha memória anda cansada, mas um nome... De um nome eu me lembro. Ainda assim, não sei como se chamavam o homem e a mulher da floricultura. Falo com eles diariamente, até duas vezes por dia, há mais de dez anos, porém não os conheço. Acho que são um casal, mas poderiam perfeitamente ser inimigos, já que nenhum afeto foi jamais demonstrado pelos dois, não que eu tenha testemunhado. Liam jornais e livros longe um do outro como se evitassem a mútua companhia. Conversavam com uma educação tão formal que qualquer um que não os conhecesse suporia que fossem fregueses. Ele me chamou e me ofereceu um café num copo de papelão. Disse que não poderia me receber naquele momento porque precisava fechar a loja por uma hora, mas que meu café estava pronto e eu poderia levá-lo. Perguntou, e achei indiscreto, se eu tinha curativos em casa, caso precisasse. Olhei nos seus olhos e, sem responder, deixei claro que não era para ele se interessar pelo que compunha o armário do meu banheiro. Subi as escadas. Chaves balançando entre os dedos. Notei que o tule marrom da janela estava imenso. No meio da sala, a poça de sangue.

O sangue era todo meu. Enquanto eu andava, fazia uma bagunça pela casa. Devo ter feito uma bagunça pelas ruas, na escada do prédio, no passeio em frente à floricultura. Por isso o dono da loja quis saber de esparadrapos, algodão. Não acho que foi isso que ele disse, mas imagino que sim.

Devo ter me esquecido de calçar os sapatos, na pressa em pegar o caminho da moça dos cravos brancos. Não percebi o que causou o corte no pé. Talvez uma garrafa, uma violência contra mim. Acho que lembraria se tivesse sofrido alguma agressão. Não me lembro de sentir dor ou qualquer coisa que me fizesse parar de olhar a mulher dos cravos. Imagino que possa ter sido o grupo de mulheres que vem para o café. Às vezes, elas me irritam e acabo quebrando coisas. Há sempre cacos que não identificamos no chão. Talvez tenham deixado um serrote virado para cima, colado ao chão. Elas me infernizam. Queria que não voltassem. Venho trancando a porta, mas elas passam por debaixo dela, são feitas de fumaça.

Passei boas horas agachada no chão esfregando freneticamente a mancha generosa de sangue que fiz com meu pé. Não saía. Não saía. Não tinha como sair. Era uma poça tão grande que ia da janela de tule marrom até a porta da sala.

Precisei buscar minhas roupas, lençóis e toalhas para estancar o sangue que agora já invadia por debaixo da porta e ia, certamente, parar no corredor. Corri em completa e desesperada urgência ao quarto. Minha caixa com as cartas da minha mãe estava no chão. Algumas folhas espalhadas na ponta da cama pela leitura interrompida. Recolhi tudo e pousei com cuidado folha por folha na colcha. Tive medo do sangue todo, das manchas, da sujeira, de chamar a atenção e alguém querer envolver a polícia, ou pior, um médico. As mulheres banguelas e carecas, espalhadas pela casa, jogavam as cartas no chão. Gritei muito. Não era para manchar as cartas. Já viram como sangue contamina tudo, espalha, perfura? Arranquei uma carta das mãos roxas e azuis de uma delas, a mais feia. Ela me atacou, parecia querer me morder, mas sem dentes me deu medo, empurrei aquela figura para longe. Vi quando ela caiu da janela. Acabou rasgando um pedaço da carta. As outras em fúria partiram para cima de mim e travamos uma luta. Ela gritava muito. Tive medo de os vizinhos ouvirem. Peguei as mulheres e enfiei todas elas dentro do armário. Tranquei a porta. Precisava resolver a coisa do sangue.

Bati na porta da vizinha. Soube que ela reclamou com o síndico depois, que eu importunei o sono dela. Disse que andava gritando, quebrando copos. Ela é um exagero. Ainda assim, veio ajudar: borrifou um spray e pronto. Em um minuto não havia quase mais nada. Me pareceu que o chão tinha aberto a boca e engolido minha impressão de tanto sangue.

Desde aquele dia dos cortes no meu pé, fiquei com a impressão de ser seguida, observada. Meus vizinhos e até os donos da floricultura pareciam me estranhar.

Tive muita raiva de mim porque vinha me tornando uma senhora digna, apesar de não ter o que comer, às vezes. Mas tinha livros, muitos. Tinha música, conseguia ouvir ópera. Tinha meus pensamentos e gostava de solidão. A comida me fazia falta do mesmo jeito que o sexo me definhava. Minhas roupas eram básicas, sem grandes cores e estampas, vinham durando apesar do tempo, exatamente feito eu.

Tanto tempo eu vinha durando.

Tinha tudo para dar errado e dava. Já que sem a morte para concluir a vidinha que eu levo, devo supor que tudo vai de acordo com o plano. Tudo vai mal.

Tanto tempo eu vinha durando.

Por que as pessoas me olhavam, não sei precisar. Mas me irritava aquela atenção súbita que me davam, sem palavras, sem toques, só olhares desconfiados, curiosos, receosos.

Tanto tempo eu vinha durando.

Talvez a vizinha tenha espalhado pela rua que eu perturbei seu sono com minhas batidas na sua porta para mostrar uma poça de sangue que ela, me parece, não viu.

Ou talvez os donos da floricultura tenham comentado com seus clientes que eu tinha pés descalços e cortados e não percebi. E se eles tivessem comentado isso numa quinta-feira com a mulher dos cravos?

Foi a maldita infecção no pé que desenrolou as coisas a esse ponto. Sempre fui discreta. Guardei cada detalhe da minha vida e nunca disse nada a ninguém sobre meu passado, minha mãe, meu marido, meus amantes e meu filho. Ninguém sabe nada deles. Nunca dei voz ao pensamento de que sou uma péssima mãe.

Se pensar mesmo, com franqueza, nunca fui mãe. Saiu de mim uma criança, um bebê do mesmo jeito que sai uma merda. Aquela excreção não teve o menor impacto.

Da mesma forma indiferente esteve ao meu lado, por anos, meu marido. Estivemos juntos porque, quando nos virávamos para olhar para dentro, nos encontrávamos. Sem perceber, viajamos em lua de mel, finais de semana bobos. Falávamos sempre do filho e por isso eu nunca tinha assunto algum. Limitava-se a concordar quando era certo e a discordar quando conveniente. Viajamos juntos nas suas reuniões de negócios. Fiz tudo o que deu para fazer. Fui com ele a países onde o sol esquentava, não matava.

Passei boa parte das viagens de negócios do meu marido dentro de vestidos de algodão sem calcinha por baixo, enquanto meu marido, de terno, se matava de trabalhar e de juízo.

Nunca comentei sobre essas particularidades com ninguém. Não há mais carta a escrever. Ninguém sabe de nada de mim.

Não falo com ninguém sobre mim porque as pessoas, também cheias de segredos, não têm coragem para ouvir. Não sabem o que fazer com a franqueza de um discurso. Ficam estarrecidas,

desconfortáveis,

passam a te evitar.

Dessa forma, eu mantenho em ordem a expectativa dos outros por mim: uma senhora que vai desaparecendo a cada dia sem incomodar ninguém. Foi aí que fiquei irritada, quando passei a chamar a atenção pelo meu comportamento.

Por causa da maldita infecção, tive que ir ao hospital e me questionaram a razão dos cortes. Não soube dizer e aí, por eu ter dito a verdade, o enfermeiro e a médica se entreolharam com ares suspeitos. Pareciam até me chamar de louca em silêncio. Ou talvez achassem que era algum sinal de demência.

Exatamente assim, vamos aprendendo a mentir cada vez com mais convicção.

Contar que eu não sabia de onde vinham os cortes era atestar minha insanidade.

Se eu dissesse que me cortei com a garrafa de água, vinho, que um gato pulou de susto ao ver uma pomba e quebrou tudo no chão, tratariam do meu problema no pé e deixariam minha cabeça em paz.

Não cheguei a ficar no hospital porque não havia leito disponível. Um pé, francamente, não era lá uma doença que precisasse de leito, nisso eu concordava com a médica.

Mas a partir daquele dia que eu disse a verdade, passei a receber visitas de um senhor, um psicólogo e assistente social, para conferir meu bem-estar, ele dizia. Quando eu ouvia aquilo, minha vontade de rir era quase incontrolável. Só não gargalhava na sua cara porque ele ia achar que tenho o diabo no corpo e aí já era, me trancaria na primeira casa de lunáticos que pudesse me receber.

É necessário mentir.

Mentir sempre.

Mentir mais.

Mentir com convicção.

Mentir novamente.

Viver mentindo.

Acordar mentindo.

Dormir mentindo.

Sonhar com mentiras.

Eu, então, o recebia uma vez por mês em casa. Ele trazia café e biscoitos.

Certo dia, ele trouxe bolo porque eu falei como tenho gosto por bolos de limão. Logo entendi e, com uma vontade há meses de comer peras, comentei sobre frutas frescas. Na visita seguinte, um pacote de papel com peras, maçãs e uvas.

Acho que até passei a gostar das visitas do serviço social, mas não conseguia deixar de pensar na mulher dos cravos brancos. Antes eu pensava nela quando a via na floricultura. Depois passei a imaginar o que ela fazia, onde e com quem morava. Um dia, algo extraordinário aconteceu.

Eu passava uma meia hora de papo na calçada da floricultura e o assunto eram hortênsias. Contei para o dono da loja que quando me casei levei um buquê de hortênsias comigo.

Quando cheguei em casa da igreja, tratei de plantar aquelas flores no jardim em frente ao prédio. No ano seguinte, as hortênsias estavam lá, floridas, redondas numa bola feita de várias florzinhas.

Depois de trair meu marido e ter que sair de casa, trouxe a muda da flor para o meu apartamento. Não sei se ela secou por causa da primeira semana infernal que passei na pensão ou se foi falta de merecimento, mas nada vive ou se emociona na minha casa.

Um estrondo que mais parecia um corpo jogado de um andar alto interrompeu com um peso no estômago nossa conversa. O motorista tentava ler um mapa e pronto. O cachorro morreu na cena, na hora. O dono da floricultura foi prestar ajuda ao bicho e à dona, que, inconsolável, parecia até ter perdido uma mãe.

Num ato urgente e de pura emergência, o dono pediu que eu ficasse na loja recebendo os clientes enquanto ele ajudava lá fora. Eu me animei, mas logo entrei em pânico quando me lembrei da mulher dos cravos.

Hoje era dia de ela aparecer. Bendita seja a morte desse cachorro que me permitiu um encontro cara a cara com ela.

Fui ao banheiro, estava com um aspecto horrível.

Era feia.

Estava magra demais.

Boca funda.

Me faltavam dentes.

Os que restavam eram escuros de vinho.

As mãos e os braços ásperos de tanto esperar na janela alguém que quisesse aprender português.

Puxei o cabelo oleoso num rabo de cavalo. Fiquei péssima. Soltei os cabelos, mas estavam sujos demais, deviam ter um cheiro insuportável para alguém que se aproximasse de mim. Arrumei num rabo de novo, era mais digno. Meu Deus, como eu era cômica! Lembrei-me de quando, aos oito anos e os dentes encavalados e sujos, minha mãe dizia que eu era a moça mais bonita do mundo.

Na varanda da fazendo do titio, os homens fumavam e as mulheres tomavam café. Falavam de política, dos estudos dos filhos, falavam das negras insolentes que já não davam duro como antes, falavam da beleza das meninas brancas. Riam de gargalhar quando o pai contava a história do meu nome. Tinha tanto medo de que eu fosse burra e demorasse a ler que quis um nome curto. Se fosse menino, teria sido Oto ou Ivo. Deu trabalho convencer a carola da sogra a concordar em dar à neta o nome da maior pecadora da Bíblia. Foi através daquela mulher maldita que o diabo se multiplicou para nunca mais! Riam de sacudir. A menina bonita do nome amaldiçoado. Riam.

Uma criança que cresce imaginando-se a mais bonita do mundo é tão nocivo quanto a que cresce imaginando-se a mais feia do mundo. Quanta certeza a subjetividade da beleza poderia abraçar naquela afirmação da minha mãe? Quanto equívoco! A cada rejeição de homens, mulheres, pessoas, eu tinha a certeza de que não haviam me visto direito. Não se deram conta de que eu era mesmo a mais bonita. Iludida e enganada, passei a cultivar uma amargura e inveja infinitas de quem quer que recebesse atenção que não fosse eu. A mais bonita do mundo foi um belo desfavor prestado a mim pela minha mãe.

Lavei as mãos, passei um creme que ficava no banheiro e devia pertencer à dona. Ajeitei a roupa.

Fiz um café. Peguei um jornal. Não conseguia ler uma frase sequer. Um nervosismo me arrebatava. Eu tremia. Meu coração chegava a parar.

Queria muito que ela não viesse, mas se não viesse talvez eu morresse, dessa vez de verdade. Contudo, não suportava a ideia de encontrá-la e, ainda assim, aquilo era o que eu mais queria na vida.

Atrás do balcão, meu semblante era de monotonia e tranquilidade. Estava ali já havia mais de quarenta minutos e contando cada pingo de tempo que escorria feito as águas dos baldes furados das flores mortas.

Quando o relógio marcou quase três e quinze, seus pés em sandálias de couro caras pisaram no chão cinza e sujo da floricultura. Chegou muito mais cedo que de costume. Nas pernas, calça branca. Um cardigã comprido de lã muito leve, cinza, cobria-lhe os braços. Tinha os olhos vermelhos, molhados, nariz inchado. Quando isso vai acabar, quis saber. Quando essa miséria vai se concluir? De quanto tempo ela precisa?

Parecia estar sem pressa.

Ela me cumprimentou com um movimento de cabeça. Abri um sorriso, mas ela não viu. Foi desperdiçado. Será que ela também me reconhecia? Quem sabe, sabe-se lá, quem sabe, também pensava em mim, onde eu morava e com quem. Pode ser. Nunca se sabe.

Escolheu os cravos brancos como sempre e, surpreendentemente, pegou um monte de rosas cor de rosa. Pensei em perguntar a razão da novidade, mas ela poderia achar estranho que eu soubesse tanto sobre ela. Pediu que embrulhasse só as rosas. Os cravos ela levaria frescos e agora para onde deveriam ir.

Eu sabia para onde iriam os cravos. Mas não era hora de dizer ainda.

Cheguei a perguntar por que parecia chorar. Ela me olhou com surpresa e descontentamento. Limitou-se a dizer um "nada, não", mas o que dizia era que a vida tinha sido injusta e agora era preciso lembrar todos os dias o que ela está perdendo com uma ausência que povoa sua rotina.

Ela me perguntou quanto era. Eu não tinha ideia. Fui de encontro aos baldes para verificar os preços. Falei o valor. Ela abriu a carteira e me entregou uma nota. Quando ela passou para mim a nota, seus dedos tocaram os meus e me queimaram. Quase não suportei. Cheguei a sentir tonturas.

Ela agradeceu e foi embora.

Tenho certeza de que gostaria de me perguntar quem eu era, essas coisas. Mas teve receio, vergonha. Imagina!

Ter vergonha de mim!

A pele dela, a temperatura, a maciez ficaram agarradas feito um sonho ruim. Não conseguia me livrar daquele contato. Fomos tão íntimas por um segundo e estávamos agora ligadas para sempre.

Foi assim que vi seu rosto tão de perto. Acho que tinha uns trinta e quatro anos. A juventude, o frescor começavam a dar vez ao invisível, ao fosco, ao vulgar. O que tinha de especial começava a deixá-la em paz e aos poucos passava a ser o que eu sou. Ela começava a morrer, mas não sabia ainda.

Quando o dono da floricultura chegou, uns dez minutos depois de ela ter ido embora, me agradeceu efusivamente pela ajuda dada. Achei um exagero, afinal ninguém frequentava aquele lugar, a não ser eu para beber café e comer biscoitos, e a mulher dos cravos brancos. O cachorro teria um enterro e a dona do bicho estava no hospital sendo tratada por choque emocional.

Saí em disparada. Meu plano era pegar a mulher dos cravos brancos ainda no cemitério e segui-la, para onde quer que fosse, e descobrir quem era.

Quando cheguei ao cemitério, ela quase me viu e precisei disfarçar e me esconder, do contrário ela imaginaria que eu estava a persegui-la, observá-la, segui-la, obcecada por ela.

Como de costume, ela deixou todas as flores, menos as rosas, no túmulo, e foi em direção ao ponto de táxi.

Eu também fui para o ponto de táxi e pedi ao motorista que a seguisse. Desconfiado, perguntou a razão. Expliquei que erámos amigas e que eu estava treinando para chegar à sua casa sozinha, já que ficaria lá como hóspede por umas semanas. Uma invenção ruim, mas o motorista, sem questionar, me levou até o número 30 da rua dela. Vi quando ela procurou a chave certa, errou, olhou para a janela acima, no primeiro andar, e finalmente entrou.

O motorista pediu que eu saísse e me disse o preço da corrida. Foi quando eu percebi que não tinha bolsa, carteira e, mesmo que tivesse, não teria dinheiro. Pedi desculpas, expliquei que estava doente, não me lembrava de muita coisa e que relevasse minha falha de ocupá-lo por uma corrida sem ter como pagá-lo.

Falei muito, tentei fazê-lo entender o que eu mesma não conseguia. Ele balançou a cabeça e recusou qualquer falha. Disse que me levaria de volta para o cemitério e que eu o pagasse lá. Pedi que me levasse de volta para casa.

Uma vergonha enorme. Nunca mais me pediriam nada. Nunca mais confiariam em mim para ficar sozinha nem ao menos quinze minutos na floricultura. Quando cheguei e pedi que pagassem, por favor e desespero meu, o táxi, sei que pensaram que eu pedia um pagamento por dedicar quase duas horas do meu dia inútil e vazio à loja deles.

Os donos da floricultura passaram a me estranhar, e meu café com biscoitos começou a ser feito para viagem, num embrulho. Pairar pela loja deles já não lhes parecia boa ideia.

Fazia muito tempo que eu não escrevia para a mãe.

Agora, com cinquenta anos, minhas respostas eram conclusivas, significativas. Quando escrevia para ela aos vinte e trinta anos, falava de futuros, de bobagens, de amor e de belezas. Mas estava sem vontade de lhe responder naqueles dias. Passei a desenhar rostos, expressões.

Quando o tule marrom me deixava ver a rua, sair de casa, da cama, eu via da janela tanta gente e começava a desenhá-las.

Quando o senhor do serviço social chegou com

pão fresco,

queijo,

uma cesta de laranjas,

um litro de suco de maçã,

eu o recebi com certa rispidez, confesso. Não gosto de laranjas e achei que já tivesse esclarecido isso. Talvez eu tenha me esquecido de falar sobre isso com ele ou quem sabe, ele, apesar das visitas, não me ouvia. Fiquei irritada e quis que ele fosse embora. Avisei que precisava tomar banho, descansar.

Dor de cabeça! É isso! Estou com muita dor de cabeça, me perdoe, não quero conversar.

Ele se levantou, compreensivo, do sofá, recolheu as laranjas se desculpando pois tinha esquecido que eu não gostava de nada cítrico, a não ser bolo de limão. Na próxima visita tentaria trazer melancia. Gosta?

Antes de sair, ele parou com interesse nos meus desenhos. Perguntou quem era.

Eu o corrigi dizendo que não era ninguém em específico, mas eram, no plural, pessoas que eu via passar na rua, ali da minha janela.

O bilhete que eu escrevi para os médicos foi por causa disso. O senhor psicólogo achava que meus desenhos eram de uma única pessoa, estava claro. Eu não tinha como concordar com aquela tolice. São várias pessoas, parecidas talvez, mas são várias.

Passaram-se meses sem ninguém me visitar. Não havia psicólogo disponível e eu não apresentava pioras ou qualquer preocupação maior. Aquelas visitas eram um exagero, sempre achei.

Quando eu ia benzer na Sá Inha, havia essa praça.

Nas bordas da praça, morava essa família. Não recebiam visitas de ninguém. Nem de médico, nem de amigos, nem de psicólogos.

Minha vó apontava aquele dedo torto dela na minha cara quando eu não lhe obedecia e ameaçava me jogar viva naquela jaula de leões. A casa era uma prisão. Do lado de fora ouviam-se gritos muito estridentes, passos apressados de canelas tão finas feito um par de gravetos empacotados por um par de meias branquíssimas. Eram muito limpos e bem cuidados.

Ouvia-se também o barulho da bolinha de pingue-pongue. A bolinha escapava com frequência para a rua e aí se ouvia ainda o barulho da cabeça batendo no ferro e um choro minguado, sentido, até que a bolinha aparecesse de novo.

Dos quatro, só três eram vistos rodando pelo pátio de cimento da casa ampla e triste, apesar de tão barulhenta. Tinham todos o mesmo corte de cabelo.

Cabelos bonitos, curtos, pretos, com inacreditável brilho.

Eram aparados para que os olhos sempre vissem a cara de pavor dos outros que não entendiam o mundo particular e expressivo de cada membro daquela família diferente.

As crianças chegavam a atravessar a rua para evitar encostar no metal da grade que dividia a loucura exposta e aberta da loucura normal, aquela que vive escondida e disfarçada.

Vínhamos da escola. No nosso caminho diário de ida e de vinda, a casa. Um colega desafiou o outro a passar ao lado e enfiar a cara dentro do arco de metal na tentativa de ver a quarta pessoa, a que vivia amarrada, amordaçada porque era um perigo.

O valente foi lá mostrar que não tinha medo. Comentava-se que um dos rapazes da casa tirava frequentemente os próprios olhos e aquilo dava um trabalho, porque nem sempre conseguiam enfermeiro ou até médico que se dispusesse a lidar com tanta selvageria.

Passamos em frente à casa e o prometido foi cumprido.

O menino da escola enfiou a cabeça no arco de metal e viu o terror, mas por pouco tempo. Gritando e muito agitado, um dos rapazes veio desatinado ao encontro da cabeça do menino já agarrada para dentro da grade daquele manicômio.

A criança gritava e nós todos lá fora ríamos da valentia fracassada do menino. Até que lá do meio da praça, em meio a toda a algazarra, notei, nas mãos do rapaz louco, um olho. Suas mãos, ensanguentadas, seguravam o olhar aterrorizado do nosso colega.

Nunca naquela casa era visto um médico de loucos. Era inútil. Já tinham enlouquecido irreversivelmente e eram livres por isso. A loucura é a liberdade mais próxima àquela da morte.

Os insanos que não gritam, não arrancam olhos dos outros, não batem as cabeças contra a grade de ferro e não são amordaçados vivem entre nós. Nós somos eles.

Passeavam pelo mercado nos dias de semana, davam bom-dia, distribuíam sorrisos, mas nunca olhavam nos olhos. Talvez fossem vampiros. Moravam no beco que dava para a praça. Eram um contraste à família dos meninos loucos histéricos.

Diziam que tinham filhos que não conseguiam ver a luz do sol e trancavam-se na lua cheia em uivos ouvidos por quem quisesse escutar.

Um era lobisomem. Peludo, barbudo, peito inchado, saía à noite e na manhã seguinte alguma moça da cidade chorava a flor estraçalhada pela paixão misteriosa.

Todo mundo sabia que era aquela família que fazia maus-tratos noite sim, noite não. Se não gostavam da luz do dia e não eram vistos senão na biblioteca, escondidos em volumes grossos de literatura russa, filosofia alemã, ensaios franceses, cartas inglesas, poesia italiana, então deviam perambular à noite.

A casa vivia fechada.

A tia, que fazia doce de leite, ia sempre entregar mangada de encomenda, mas da porta mesmo lhe agradeciam e ela era despachada. Lá dentro havia um mistério. Ainda assim, porque nunca gritaram ou arrancaram os olhos dos outros, não tinham loucura óbvia. Eram os mais perigosos, os disfarçados.

Um dia, a empregada apareceu morta dentro da casa.

A polícia chegou e a ambulância tirou o cadáver dali. Uma cena assustadora. A cidade inteira se aglomerou do lado de fora da casa para ver a empregada morta. O boato de que eram vampiros tornou-se, a partir daquele dia, fato: quando tiraram a morta em cima da maca de dentro da casa, ela havia diminuído de tamanho. Parecia o corpo de uma criança com o rosto da mulher. Foi reduzida a quase nada, como se tivessem sido sugados dela não só a vida, mas o sangue e a carne. Na autópsia, estava claro: ataque de lobisomem. Como ninguém via essas sandices, passaram a viver sem culpa, sem remédios, sem médicos, sem tratamento.

Tirei os sapatos. Esfreguei as mãos no casaco.

Estava entrando numa espécie de templo. Não queria deixar marcas. Não havia ninguém em casa, eu sabia.

O chão encerado e de tábuas corridas tinha um cheiro de casa limpa. No vaso da sala, rosas cor de rosa, as que ela comprou e não levou para a mãe, que só ganhava cravos brancos. Fotografias nas paredes, quadros de pinturas, porta-retratos.

Férias no mar.

A mãe com o olhar de amor, aquele que só se acha uma vez na vida, o de mãe. Ela fazia um castelo de areia. O último castelo de areia que eu fiz foi tão bonito. A morte o rompeu. Feriu o orgulho e a torre da princesa, deixando-a órfã e despida de amor eterno. Quis muito avisá-la sobre o castelo que vai ruir, mas cheguei tarde. Ela já tinha começado a se transformar no que virei.

Aos poucos, eu assistia à minha personagem nela, caminhando, tão elegante, rumo ao fim. A menina mais bonita do mundo está se esfarelando. Veja!

O sofá amarelo era de veludo. Não o toquei. Talvez meu coração tenha parado de bater, mas, quando me recuperei, vi com calma a feição do gato ruivo que me olhava com incômodo. Miava altíssimo. Um som estridente, irritante, um desagrado. O bicho se agitou com minha presença e eu preferia mesmo que não houvesse gato em casa. Miava muito. Consegui, por fim, fazer parar o barulho que vinha dele.

Agora, com calma, voltei a andar pela casa e vi no porta-retrato do quarto as duas de novo. Eram muito parecidas. Diante da torre de Pisa, ambas riam. Não resisti a uma gargalhada. Duas bobas sem final feliz.

No chaveiro, pedi que fizessem três cópias. Voltei à casa dela, me assegurei da ordem das coisas e tranquei a porta, tendo o cuidado de colocar a chave exatamente no mesmo ponto dentro do vaso de samambaia que decorava aquela área do corredor. A chave era para a faxineira que vinha às sextas. Estava lá escrito no calendário da geladeira. Assim como não havia o dia 27 de março no calendário. Era todo preenchido de preto. Um dia para ser esquecido. O dia que não era para existir. O dia que ela começou a ser quem eu sou.

Sem o barulho do gato, que, pobre-diabo, caiu da janela no dia que estive na casa dela, passei a observar tudo com mais atenção.

Imagino o quanto deve ter sofrido pela perda do bicho. Mas a culpa foi dela. Deixou a janela destrancada, apesar de fechada. Talvez um gato não tenha a habilidade de abrir janelas, mas me parece que esse teve, já que caiu de lá, curioso, tentando ver a rua.

O fim do gato me trouxe de volta a lembrança do meu filho. Estava conseguindo me esquecer dele. Pensava muito na mulher dos cravos, e meu filho, quando cruzava meu pensamento, me irritava. Quando ele caiu dos meus braços escada abaixo, sofreu ferimentos bastante graves, mas sem sequelas. Éramos nós, meu filho e eu, que tínhamos sete vidas, não o gato.

Sempre sobrevivemos.

Soube que suas calcinhas eram todas de algodão, brancas, com exceção de um par de rendas preto e verde. Nunca guardava os pijamas, espalhados pela cama por fazer ou não.

O cheiro era agradável, mas não chegava a ser perfumado. Nunca vi um frasco de perfume. Usava cremes. Creme para a noite, creme para o dia, creme para os olhos, as mãos, o pescoço.

Na estante da sala estava a viagem que ela faria dentro de uma semana. Passagens, reservas. Tudo para duas pessoas. Com quem eu dividia aquela moça? Quem conheceria a mulher dos cravos tão bem quanto eu?

Comia verduras. Não gostava de brócolis. Gostava de alface.

A tigela com a salada pronta esperava que ela chegasse do trabalho. No armário, biscoitos recheados.

Um estoque.

Pareceu-me um desequilíbrio. Saladas e biscoitos recheados.

Na estante, livros e plantas. Coisa pouca, modesta. Lia pouco para a idade que tinha, ou talvez lesse muito, mas não tivesse muitos livros. Literatura questionável, coisas da moda, nada muito pensado. Tinha medo de que fosse influenciável por causa do tipo de livros.

Talvez fosse uma fraca.

Livros da moda.

Saladas e biscoitos.

Roteiros de viagens.

Livros sobre países.

Atlas, mapas aos montes.

Literatura comercial.

No topo da pilha de roteiros, Goa. No topo de Goa, uma nota: "sonho, quer dizer meta".

Senti raiva de estar ali.

Aquela moça me pareceu tola com pensamentos infantis, vulgares, exatamente como eu era.

Quando eu saí de casa, ainda tinha a mãe.

Era minha plateia.

Era ela que eu queria machucar, matando de saudade cada gota sua quando se deparava com minha ausência feita por pôsteres na parede, discos, livros, obsessões, teimosias, frutas prediletas, doces favoritos, amigos covardes que ficaram lá, presos no pé da cidade só para torturar a mãe, fazendo-a lamentar minha coragem.

Coitada. Sem a mãe para vê-la ir embora, a partida fica emperrada. Não há mais motivo de rebeldia, revolta.

Sua mãe morreu! Viva!

Você agora é livre.

A dona da floricultura me avistou e me disse que eu sorria. Não achei. Ela me olhou de lado e insistiu para que eu dissesse o que tanto me agradava, por causa da mudança do meu semblante.

Assegurei que estava redondamente enganada. Ela não se convenceu; e não ajudou o fato de eu errar de portaria, já que não havia reconhecido a janela de casa.

O tule marrom havia sumido e, de repente, minha janela estava igual a todas as outras.

Enfim cheguei em casa e tracei a ordem das coisas da casa da mulher dos cravos.

A disposição de cada quadro, porta-retrato, almofada.

Como ela deixava as cortinas da banheira para fora pingando ainda um banho recém-tomado, o shampoo de embalagem verde que ficava levemente virado para a parede atrás do condicionador de coco e não do de mel.

O sabonete líquido de amêndoas com a tampa aberta, no chão da banheira.

A esponja vermelha se despedaçando de tanta luta contra seu próprio corpo, pendurada num prego quase invisível entre dois azulejos de flores amarelas.

Cada detalhe observado, não me faltava nada. Já que eu passaria a visitá-la todos os dias dentro da sua casa, que não levantasse suspeitas.

Em cima da pilha dos livros de viagem, agora Bruxelas. Quanta perda de tempo alguém escrever um livro inteiro sobre Bruxelas.

O sonho, a meta de ir a Goa, estava amassado e picado em pedaços minúsculos na estante. Quanto sonho ela devia ter e que agora, sem a mãe para ver tudo se realizar, se perde, esfarela-se, morre exatamente como ela, em pedacinho, em picadinho a cada dia até juntar seus cacos e ossos e livrar-se dessa vida prolongada, sem mãe, sem plateia.

Na pia, vinho tinto esvaziado. Uma garrafa cara aguardava a vez de ir para o lixo. Pingos de tinto pela pedra de granito brilhante. Dois copos comuns. Nenhuma taça. Abri os armários. Ela não tinha nenhuma taça. Teria alguma razão para isso, já que bebia vinho com relativa frequência?

A cama desfeita cheirava a sexo.

Posicionei-me ao lado da janela. Respirei fundo.

Todo aquele sexo se infiltrava nos meus sentidos. Era uma lembrança, um desejo, um passado. Senti uma tremenda urgência em arrumar a cama e remover, anular qualquer pedaço de prazer deixado ali, descuidadamente como se sexo fosse a sorte de todos nós, vulgar, comum, acessível a quem quisesse.

Contive meu ímpeto.

Respirei lentamente.

Segurei minhas mãos trêmulas de unhas roídas.

Estalei dois, três ossos.

Deixei o quarto, a cama, o sexo, a cabeceira com a foto da mãe virada para baixo impedida de testemunhar línguas, coxas, nucas, mãos, bocas, olhos e pernas trêmulas.

Imaginei que, feito minha mãe, a dela também se negava a aceitar que uma mulher de trinta anos abria

as pernas,

as orelhas,

a boca,

as mãos.

Para:

o professor de russo

o camponês russo

o pai

o irmão

o primo

o lobisomem

o filho da Sá Inha

o amigo da família

o amante

o marido.

Não a filha! A filha era incapaz de qualquer vulgaridade dessas. Minha mãe passou a vida imaginando que eu, mesmo casada, com um amante e um filho, não era capaz de ter feito sexo. Jamais esse pecado original. Isso não.

Aquele porta-retrato virado para baixo eram os olhos fechados, os meus, os dela. Era o prolongamento doído da infância e cujo tempo não passa porque conserva os cabelos, as tranças, mesmo que encardidas pelos anos. É a algema que nos prende os pulsos, é o cadeado que nos tranca na torre, o cinto de castidade.

A culpa! Enfim, a culpa. A mesma que arrastamos pela vida a cada encontro, a cada saia levantada, a cada par de coxas escancaradas. Culpa! Sinta quanta culpa.

Evite o sexo, tenha culpa no prazer e será desejada, levada a sério, terá um casamento feliz. Ana tinha a mesma mãe que eu. As duas, felizmente, estavam mortas.

Nada seria trocado de lugar, mudado, alterado. A ordem das coisas seria garantida e, por isso, não tive pressa em entender cada objeto. Passei a conhecer a mulher dos cravos brancos de uma forma profunda que nem suas companhias conheciam.

Éramos íntimas.

Minhas idas à porta da floricultura para cafés e biscoitinhos eram raras, mas eu ainda precisava de comida.

Sem o psicólogo do serviço social que trazia frutas e bolo, comecei a precisar pensar no meu filho. Mandei-lhe um recado. Eu queria dinheiro. Ele não demorou a responder, deixando um envelope sempre calado debaixo da minha porta.

Ele quase nunca botava os pés no meu prédio. Não queria correr o risco de me ver. Eu sei que foi ele que deixou o envelope porque o barulho insistente da folha invadindo a greta entre o chão e a porta me chamou a atenção. Olhei pelo olho de vidro e o reconheci. Não tive nenhum ímpeto de abrir a porta, abraçá-lo, pedir perdão pela minha inexistência, chorar.

Acompanhei o papel entrar, por fim, e o acompanhei escondida atrás da porta até entrar no elevador, possivelmente aliviado por não ter me visto.

No envelope, o de sempre: um maço de notas. Deixou bastante dinheiro dessa vez, mais que de costume. Bom para ele, devia estar, como dizem, bem de vida.

Na manhã seguinte, tomei banho e ouvi o telefone tocar com insistência.

Minha cabeça me pregava peças.

Queria tanto ter aulas para dar e não precisar do meu filho. Mas o telefone estava sempre mudo, apesar do seu barulho insistente na minha imaginação.

Nos papos furados de corredor, a vizinha que veio me ajudar com a poça de sangue me perguntou sobre o telefone. Não entendi, e ela me explicou que o sonar do aparelho era altíssimo e tocava insistentemente até quando eu estava em casa. Olhei fundo nos olhos dela e tive pena: ela também ouvia barulhos mentirosos, ela também devia ter tules marrons na janela, devia ter alguém para se lembrar de esquecer.

Certamente não tinha mãe.

Quando uma mãe morre, nosso eixo desaparece.

Porém, muito mais que isso, o chão, antes fofo e suave, passa a nos engolir com golpes duros e frequentes até não nos reconhecermos mais. Sem mãe, nossa identidade é desafiada porque a mulher que nos chamou e nos fez nascer morreu levando nossas certezas junto. Ficamos feito parasitas sem ter de onde sugar, em onde encostar. Devo ter demorado anos para escrever cartas de novo.

Sem mães, alguns enlouquecem.

Morrem.

Outros se matam.

Matam.

Soltei uma gargalhada na cara da vizinha, daquelas de quando minha vó dizia que o diabo morava em mim. Não era possível que ela fosse tão louca de ouvir meu telefone mudo tocar. Tive medo dela e por isso gargalhei. Talvez o diabo vivesse mesmo em mim, não duvido.

Acredito que ela tenha ligado para o serviço social e levantado suspeitas.

Por causa dela, passei a receber a visita dessa senhora, minha nova psicóloga.

Com toda a experiência de parecer louca aos olhos dos outros, eu sabia exatamente o que dizer aos psicólogos.

Falava da mania que eu tinha de querer pular de pedra dentro do mar para preocupar a mãe. Falava do aborto para dar vergonha à mãe, falava dos passes e macumbas que eu tomei enquanto gargalhava para ridicularizar a crença da vó e da mãe. Falava do meu filho que escorregou dos meus braços escada abaixo e que nunca conheceu minha mãe.

Todo mundo que tentou me tratar se concentrava nesses comportamentos estranhos, desvairados até.

Mas o que cada um escondia dentro de tanto escândalo era a única palavra que se repetia no relato: minha mãe.

Palavra enorme que acabou numa tarde cinza de fevereiro e calou de silêncio a dependente que eu era. A mãe era meu encosto que não deixava de ser um apoio. Ela é a palavra que me falta e que, ao lê-la em voz alta em cartas, me ecoa martelando meus sentidos feito uma enxaqueca.

Fazia tempo que eu não me sentava num café e comia, sem medo do preço, um café da manhã. Pedi torradas, croissant, iogurte, frutas, suco e café preto. Comi feito uma rainha. Certifiquei-me no banheiro de não ter nenhuma migalha de café da manhã a caminho da casa da mulher dos cravos. Àquela hora ela já deveria estar no trabalho, que ficava longe do apartamento.

Ela saía cedo e voltava quando era quase noite. Só de ônibus deveria gastar uma hora para cada lado do dia. Chegando às dez da manhã, eu me dava certeza de já ter saído e margem para não voltar. Era o horário mais seguro para não ser vista e no dia seguinte, quinta-feira, eu sabia que não tinha como visitá-la.

O calendário da cozinha marcava a faxineira e uma visita médica às onze da manhã.

Talvez ela tirasse o dia de folga, e certamente passaria na floricultura como toda terça-feira. Talvez eu tentasse planejar meu café por volta de uma da tarde, horário que seria ideal para, depois do médico, comprar os cravos e ir ao cemitério.

Naquele dia, eu me concentrei no quarto.

A cama estava desfeita e o lençol tinha um cheiro forte, um cheiro parecido com o da mulher que fez minha sobrancelha. Talvez ela tivesse feito sexo de novo. Senti uma náusea insuportável. Abri as janelas, tomando cuidado com a ordem das coisas.

Na porta do guarda-roupa, uma ponta de vestido amarelo tentava se libertar. Abri com o cuidado de retorná-lo à mesma posição de tentativa de fuga.

Caixas e caixas encapadas com páginas de revistas, empilhadas de forma caprichosa e cuidadosa.

Tracei no meu papel a ordem de cada caixa para que pudesse olhá-las com calma. Passou-me pela cabeça a ideia de calcular um plano caso alguém me pegasse ali revirando a vida alheia. Não que estivesse fazendo nada de errado. Eu gostava daquela mulher e tinha curiosidade em conhecê-la. Não queria ser inconveniente e por isso fazia tudo sem incomodá-la. Por isso, de forma secreta, passei a ter tanta intimidade com ela sem, no entanto, levantar suspeitas a ninguém.

Escolhi a caixa de número 4, bem embaixo na pilha.

Tirei cuidadosamente do lugar e procurei um pedaço do chão para me sentar. Todas as caixas eram amarradas com fitas de seda. Cada uma de uma cor.

Essa era a única repetida.

Caixa número 4,

caixa número 5.

Anotei isso para não me esquecer. A fita verde tinha suas pontas em franjas, já se desfiando pelo manuseio talvez excessivo.

Abri com muito anseio. Sentia meus pulsos em vida e meu estômago se revirar.

Eu sabia que, apesar de já conhecer os hábitos de cama, mesa e banho da mulher dos cravos brancos, o que eu estava para descobrir era o invisível. Os detalhes.

O pão de aveia e a manteiga com cristais de sal são de muita vulgaridade e podem ser comprados, podem ser predileções de qualquer pessoa.

As letras emaranhadas, mesmo que ordenadas, em cartas de amor, qualquer tipo de amor que seja, são o registro de que uma vida pesou, teve importância, não foi imune à rotina que nos força uma insignificância irremediável, no fim das contas.

Senti meus dedos queimarem exatamente como queimaram quando a mulher dos cravos me entregou o dinheiro no dia que tomei conta da floricultura por algumas horas.

Desenrolei a fita, abri as caixas, os dedos em chamas. Os olhos quase cegaram com a primeira carta.

Era uma carta de amor.

De mãe para filha. No cabeçalho, "Querida filha". Na assinatura, "Sua mãe".

Via Degli Aranci, 24. Sorrento, Provincia di Napoli.

Sim, mãe, *degli aranci*.

Eu sei que o nome é curioso, mas o apartamento é bom, confortável, tem persianas que me fazem dormir mais que o relógio porque são blackout e quando acordo e vou ao banheiro, preciso pôr óculos de sol de tão bem que durmo no escuro. *Aranci*, exato!

Recebi muitas cartas da mãe remoendo sobre o Vesúvio, o vento siroco, a baía de Napoli, a ilha de Capri, e a tal Anacapri, é mesmo linda?

Os italianos e a fama de amantes? Prefiro que não me conte!

Pendura-se mesmo as roupas íntimas no varal?

Decerto que é Via Degli Aranci?

Ela começava suas cartas com "Querida filha" e assinava "sua mãe". Meu nome era proibido. A culpa da maldição do mundo estava toda dentro do meu nome.

Quando o pai não estava na lida da fazenda, ele também assinava "seu pai saudoso". Eu ficava enfezada porque o jeito que o pai escrevia parecia que tinha morrido. Um pai saudoso é quase um saudoso pai. Parecia coisa de defunto. Mas ele me garantia que era pura falta que sentia dos meus olhos e que eu não me preocupasse com bobagens da língua portuguesa.

Vá aprender italiano ou inglês. São muito mais úteis.

Mas a gente nunca escuta pai e mãe e, por causa dessa surdez, escuto ininterruptamente o telefone tocar na minha casa dentro da minha cabeça. Chamadas feitas por alunos que não querem aprender o português.

Com as mãos queimando e os olhos cegos, enrolei a fita verde de qualquer jeito e voltei com ela para onde estava.

Confesso que saí desorientada e com uma vontade incontrolável de chegar em casa.

Da rua, logo avistei o tule marrom, denso, caindo em cima dos meus ombros e provocando a sinusite pesada, a cabeça doendo de um choro impendente, mas que não vem.

A psicóloga me dizia que eu talvez sofresse de depressão. Que novidade era essa?

Eu disse que era apenas uma questão de me levantar e cortar ou, se não desse para cortar, arredar para os cantos o tule marrom da janela. O problema era se levantar para isso. Nunca me dava vontade.

Quando tinha coragem de liquidar o tule marrom, ia com propósito, mas ele não estava lá. Na minha desistência sim, ele se impunha majestoso e intacto. Eu sem força, vontade, atitude.

Meus farelos de morte espalhados num caos entre a cama e o canto do sofá.

O dia que se seguiu foi escuro. O tule marrom parecia ter tomado conta da janela e da parede inteiras. Eu não via mais nada que não fosse o tecido. Eu não tinha como me levantar.

Ainda bem, porque hoje a mulher dos cravos brancos tinha consulta e eu não faria visita nenhuma a ela. Por volta de meio-dia as batidas na minha porta, insistentes, com propósito, fortes.

A psicóloga sentou-se e eu perguntei se via, como eu, o tule marrom da janela, grande, imponente, se espalhando pelas paredes. Não. Ela não via nada. Percebia apenas que eu enlouquecia a cada visita.

Em breve me levariam da minha própria casa. Mas era preciso enlouquecer muito mais antes disso.

Com a vida indigna, obcecada por uma mulher que vai viver minha vida que padece hoje, tentei com muita força enlouquecer a ponto de me darem um quarto limpo, de graça, até que eu tomasse vergonha e morresse. Meu desafio era fazer tudo certinho. O plano era cometer loucuras, não crimes.

Quando a psicóloga foi embora, plantei-me na janela na esperança de ver Ana comprar flores. Ela não veio. Se veio, não vi.

Com o tule marrom invadindo a sala, não conseguia enxergar nada.

Fui dormir cedo. Na manhã seguinte, era preciso me arrancar da cama — mesmo que o tule marrom me obstruísse a vista — e rumar para a casa dela.

NÃO ESQUECER AS CARTAS

Era o bilhete pregado na geladeira.

Notas importantes ficavam na geladeira porque eu vivia com fome e abria aquilo na esperança de achar alimentos ainda na validade, frutas frescas.

Senti a sinusite que se agravava à medida que o tule se esparramava. Ainda assim, saltei da cama, lavei a cara, vesti um casaco e, com as cartas amarradas no elástico que prendia o dinheiro que meu filho me deu, fui em direção à casa dela.

A casa me pareceu mais vazia que de costume.

Estava muito bem arrumada, cheiro de limpa, menos o quarto que certamente tinha visto sexo noite afora e o cheiro forte que ainda me incomodava, apesar de ter morrido há tanto tempo. Abri as janelas para renovar os ares, esquecer o que eu há tanto tempo não vivia mais.

Passei uma revista pela casa toda.

Ninguém.

Só um eco me fazia companhia caso eu sussurrasse qualquer coisa.

Na cozinha, a manteigueira fora da geladeira. Foi esquecimento. Quando abri a geladeira e guardei a manteigueira lá, não pensei que fosse levantar suspeitas. Além disso, comi dois potes de iogurte.

Foi a fome.

Lavei a colher, sequei e guardei onde dormem os talheres.

Segui para o quarto com as cartas no bolso do casaco. Alguns botões vinham bambeando, como se tivessem vida.

Sentei-me onde sempre me sentava.

Antes, abri a porta do guarda-roupa e tirei as caixas 4 e 5. Desembrulhei cada uma das suas fitas verdes e abri uma carta.

Querida filha, já faz tempo que não me escreve. Sinto tantas saudades das suas letras desordenadas. Se ao menos tivesse me escutado e caprichado nas aulas de caligrafia, eu poderia começar minhas cartas de outra maneira, sem reclamações.

Ainda assim, sinto sua falta.

O que você vê, filha, quando acorda?

A paisagem da sua janela te agrada, te entusiasma, te deixa triste, melancólica?

Qual sua primeira sensação do dia?

Tem acordado sozinha? Espero que sim, viu?

Aproxime-se de mim me contando sobre bobagens.

Você parou com essa mania de só usar roupas escuras?

Faça-me, por gentileza, uma fotografia vestida de amarelo?

Falando em cores, precisa ver os cravos que estão florindo aqui no nosso jardim! São lindos, frescos e brancos. Seu pai me diz que são flores de mortos. Que então eu seja enterrada sob cravos brancos, porque são tocantes.

Você ainda tem mania de hortênsias?

Não fique brava comigo, mas aos vinte e seis anos sabemos demais das coisas para aprender que não sabemos nada. Espere até os trinta. Vai ver que, de repente, hortênsias são uma bobagem.

Lírios,

rosas

e cravos,

os brancos, são as coisas mais bonitas da vida depois do mar. Depois dos seus olhos quando olham para mim.

As cartas da Ana eram lindas, feitas de puro amor.

O que minha mãe me escrevia tinha raiva e chantagem nas entrelinhas, era claro.

Quando lhe ensinei a andar de bicicleta, não queria que fosse tão longe sem eu lhe ver. Daqui abano as mãos para você. Será que me vê? Não se esqueça do quanto sinto sua falta. Tem dias que choro tanto que parece que não vou aguentar de saudades. Mas não se sinta culpada. Vá viver sua vida. Seja decente. Fique com Deus.

Filha, dê notícias logo. Não nos deixe aflitos esperando. Com todo o meu amor,

Sua mãe.

"Mãe,

Por favor, pare de bordar sua letra no destinatário. Os carteiros daqui vão começar a se confundir com tanta volta de letra. A primeira letra do meu nome você consegue fazer com apenas três pauzinhos.

No mais, tudo bem. Acordo para um sol dourado quase todos os dias. O vento seco que sopra de longe faz meus cabelos durarem sem lavar por bastante tempo. Como é bom, mãe, não precisar lavar e secar os cabelos todos os dias!

Quero viver aqui, só por causa dos cabelos!

Como vocês estão? O que está lendo, mãe? O pai está bem? Aguardo notícias, mãe.

Um beijo,

Sua filha.

P.S.: Você ia adorar os limões daqui. Mais bonitos que sua flor favorita da qual não me lembro o nome nem a cor."

Essa resposta ficava dentro do envelope mais grosso.

A mãe mandou para mim uma carta com recortes de jornal sobre o Vesúvio, a carta eu respondi, mas me esqueci de mandar.

O que será que eu via quando acordava?

Era uma pergunta importante e eu não respondi.

O que Ana teria respondido?

Poderia ser a mesma carta que a minha.

Cada passo de Ana fazia a vida dela se aproximar mais da minha. Chegaríamos a uma interseção. As mortes das mães. Ela chegaria a engravidar? Será que queria ser mãe?

A mulher dos cravos brancos ia virando o que eu sou hoje. Gostaria muito de salvá-la antes de chegar aqui. Posso tentar.

Mãe,

Venho enlouquecendo.

Tenho achado que alguém me vigia, que vem na minha casa quando não estou.

Você veja bem o que aconteceu outro dia.

Abri uma garrafa de vinho e, como de costume, tomei no copo, o mesmo que uso para tomar água. Dois dias depois, quando eu abria mais uma garrafa e andava atrás do saca-rolhas, percebi que no armário havia um conjunto de seis taças de vinho, mas daquelas bonitas, grandes, sabe? Eu não me lembro de ter comprado taça, mãe.

Sei que você se importaria, mas eu não ligo para tomar vinho na taça.

Será que eu comprei pensando em você, sonhando que viesse esvaziar uma garrafa comigo e não me lembro? Vai saber.

Acho que não estou bem.

Ontem contei dois potes de iogurte. Minha certeza era a bandeja de quatro. Mas era também provável que eu tenha comido um pote de iogurte sem me dar conta. Ando sem fome e venho me alimentando sem muito prazer.

Mãe, penso em você com muita culpa.

O que você fez comigo foi uma puta traição. Nunca achei que você fosse me faltar. Você sempre me enchia, me sobrava, e por isso você não ia a lugar nenhum. Nem quando eu te mandava para os quintos dos infernos você desaparecia. Sempre tão gentil.

Agora eu compro flores toda semana e vou lá te ver. Você fica lá, calada, imóvel, emagrece e vai virando osso a cada vez que consigo te enxergar lá de cima enquanto toco aquela pedra cinza fria feito seu corpo de borracha quando morreu.

Acho que vou morrer, mãe. Estou louca.

Será que tem mesmo alguém que vem aqui enquanto estou fora? Vou trocar a fechadura assim que tiver tempo.

Estou com dor de cabeça. Nem o sexo me ajuda.

Nenhum tipo de decência e bom comportamento esperado pela mãe da Ana nas cartas. Nem de Deus ela falava. Eu me desculpava porque era para sentir vergonha. Deus estava vendo.

Desculpa, mãe, eu tenho feito sexo.

Você não deixava que eu desse um passo sem sua permissão. Aí, agora, estou aqui, na tentativa de a cada semana tirar você daquela cova fedida de morte e arrancá-la de dentro de mim. Mas você persiste porque você morreu. Virou eterna. Uma imortal.

Um beijo, viu mãe. Um beijo.

Não acho que tenha ficado mais de quarenta minutos com as cartas. Juntei as fitas, as páginas, as caixas e reposicionei conforme eu tinha achado.

Bati a porta e só na rua me dei conta de ter deixado na mesinha de cabeceira do quarto de Ana a chave da casa dela.

Eu me enganei.

Um erro que talvez me custasse tudo o que eu não tinha.

Andei por mais de uma hora até chegar em casa. No caminho via o rosto do meu filho inúmeras vezes. Via meu filho sendo abraçado pela minha mãe. Nunca se encontraram. Eu estava grávida quando ela morreu. Nem um único encontro. Não havia nenhum resquício dela nele. Não queria que ele entrasse no meu caminho. Ele não me interessava. Queria guardar a mãe, mas lá vinha ele no meio, interromper com flashes e desmanchar o rosto dela.

Passei uma semana sem aparecer na casa da mulher dos cravos.

Era preciso ser cuidadosa, não levantar mais suspeitas. Decerto Ana teria notado a manteigueira na geladeira, os iogurtes vazios no lixo, as taças, a chave na cabeceira da cama.

Teria notado as cartas?

Antes de sair, naquela semana da chave esquecida, trouxe algumas cartas da mãe de Ana e, para que ela não desse falta, deixei algumas cartas da minha mãe. Eram praticamente a mesma coisa com exceção das repreensões pela indecência. Só eu tinha a companhia do demônio.

Ana revirava aquelas caixas todos os dias. Eu sei porque meus dedos queimavam com o frescor da pele dela, recente, pregada no papel de revista encapando cada luto.

Era bastante improvável que ela notasse qualquer diferença de conteúdo. Talvez as letras levantassem suspeitas.

Naquela noite, agachada no canto do quarto, cabeça latejando e recostada abaixo do vestido amarelo, cujo pedaço sugeria uma fuga iminente, Ana leu:

Minha filha,

Quanta saudade!

Por que não nos escreve com frequência? Suas cartas têm sido esporádicas e muito curtinhas. Onde estão as descrições ricas e espirituosas do seu paradeiro? Sua gramática está a cada dia melhor. Quase sem erros! Via Degli Aranci... Que nome curioso. Imaginava uma Via dei Limoni, mas Aranci *va bene*. É até mais doce.

Você precisa ver que riqueza as rosas amarelas da casa da mamãe. Espalharam-se por todo o canteiro. Parece até que Deus as plantou para venda.

Não se esqueça, minha filha, da minha predileção por flores amarelas. Só não gosto de cravos, flores de mortos. Não me leve cravos nunca, nem amarelos.

Nossa rua anda feia. Construíram mais um prédio de três andares.

Que mania as pessoas têm de querer ver tudo do alto. Feito você que não sabe parar, quer sempre o que vem depois, essa mania de grandeza. Você tem se resguardado, filha? Por favor, não se esqueça dos valores da nossa família. Somos gente do bem.

Diga-me, filha, com quem tem andado?

O que vê da sua janela?

Sua vista é tão bonita quanto os olhos que a abrigam?

Estamos bem de saúde e de alegrias. Seu pai manda-lhe beijos e afetos.

Não se esqueça de comer bem e agasalhar-se. Preserve-se fisicamente. Cuidado com o que faz.

Com amor,

Sua mãe.

Quando finalmente alcancei meu sofá, já era noite.

O telefone tocava com tamanha insistência que senti um ímpeto de cortar os fios ou meus pulsos. Procurei tesouras, mas não encontrei. A faca da cozinha era cega.

Então, que tocasse o telefone, ensurdecendo minha imaginação.

Fui interrompida por batidas fortes na minha porta. Senti um medo arder nas minhas costas. Olhei pelo olho mágico.

A vizinha

e um homem.

Ela insistia que o barulho do meu telefone não a deixava em paz. Agora tinha um cúmplice na sua insensatez, já que o rapaz concordava com aquela loucura e dizia ouvir tocar o telefone de forma tão insistente que não conseguiam mais fazer sexo.

O bebê chorava, a menina de três anos se irritava, eles não conseguiam se amar porque estavam loucos. Achei sensato, que ironia, não discutir com eles.

Os loucos sempre têm razão.

Passei alguns dias olhando o tule marrom na janela e enquanto isso, escrevia cartas para Ana.

O bolo de cartas envolvido em fitas verdes não se alterou porque eu substituí as cartas. Eram muito parecidas, como se fôssemos irmãs ou, mais provável, a mesma pessoa em tempos diferentes: Ana e eu. A mãe dela e a minha.

Querida filha,

Não se case.

Sei o quanto seu parceiro lhe é caro, mas não vale o futuro. É condição nossa, e desta vez eu falo como mulher, desaparecer a cada corte de cabelo, a cada vestido novo. Não adianta tanto gasto.

Os homens nos massacram porque sempre foi assim. Passam a conviver conosco por companhia. Geralmente envelhecem bem, ficam maduros, finalmente portam rostos e corpos de homens que, enfim, nos atraem, e isso demora. Mas não há sintonia nem coincidência nesse tempo.

Nós vamos e eles chegam.

A não ser que você tenha nascido para ser mãe, não caia na tentação. É a maior das armadilhas. Maior que o casamento, inclusive.

Daqui do meu fim vejo você, passo a passo, bem devagar chegar ao meu encontro. Não tenha pressa, então! Esqueça maridos, filhos.

Vá conhecer o mundo e aprender como se pronuncia beijo e sexo em cada língua. Tanto faz Goa ou Bruxelas.

Você já tem um teto todo seu.

Do que mais precisa?

Não permita que passe fome, que more de favor, que anseie por trabalhos que não quer fazer porque está presa, refém de uma doença que te envolve numa espécie de manto marrom transparente e não te permite ver a vida da janela.

Evite enlouquecer.

São os outros que nos levam às bordas dos penhascos quando o vento nos empurra. Nós não nos jogamos.

É o vento. São os outros.

Obrigada por se lembrar das flores de que gosto.

Com amor,

Sua mãe.

Quando vivi com minha mãe, ela sabia tudo. Sabia, mas não me dizia. Recriminava-me a cada tentativa de emancipação. Cada e qualquer uma. Do primeiro beijo ao sexo. Do casamento à decisão de não ter dois filhos.

Se tivesse me dito sobre as armadilhas que me esperavam, eu teria trabalhado e hoje não precisaria me lembrar de que o lugar onde moro é uma migalha de alguém que me detesta e sente nojo de mim, dos meus fracassos, da minha indiferença e infidelidade.

Se tivesse separado os momentos de repreensões da minha mãe dos momentos de afeto e amor, teria suportado sua morte. Mas era uma imagem sem foco, manchada, sem fronteiras definidas. Ela era severa porque era amorosa.

Ana tinha sorte. Podia contar comigo para conselhos, preparar-se. Era só ler as cartas que a mãe dela, tenho convicção, escreveria se pudesse.

Quis apenas alertá-la.

Passei a colecionar algumas cartas antes de me arriscar a voltar à casa dela.

Com tantas pistas de um invasor na casa, certamente teria colocado alguém a postos para, vez ou outra, entrar e verificar a ordem das coisas, a ordem das caixas.

A última carta que escrevi talvez tenha sido a mais importante.

Querida filha,

sei que vai sentir minha falta quando eu for.

Terá receio.

Não vai nem mesmo querer fechar os olhos.

Voltará, feito uma menina, a ter medo da noite,

[do escuro,]

[do silêncio.]

Vai ver monstros pelos ares se formando nas mesmas nuvens que viraram cachorrinhos no nosso quintal.

Haverá fantasmas debaixo da cama.

É previsível que isso te assole a paz, a fome, o sono.

Mas daqui eu não te vejo. Eu me libertei de você e você, filha, deveria fazer o mesmo. Sofrer é tão vulgar!

De caso pensado causei tanta dor nos outros. Saltava de pedras dentro do mar profundo só para preocupar minha mãe. Abortei vidas em mim e uma delas quase me matou, matando minha mãe de vergonha.

Fui uma pessoa insolente. Rio dos outros, rio da fé alheia porque não tenho nenhuma esperança em mim, em nada!

Quando deixei cair o menino escada abaixo, talvez você não saiba desse fato, minha mãe já tinha morrido. Queria apenas ser filha de novo, mas tinha virado mãe. Teria acabado com a paz dela saber que relaxei os braços de caso pensado, e se o menino caísse, seria por descuido e porque era pra ser. Imagino o castigo de Deus!

A criança sobreviveu, coitada.

Filha, livre-se de mim. Eu não vou saber que, religiosamente, me leva cravos brancos no cemitério sem faltar.

Eu não vou saber que você chora minha falta. Eu morri, filha.

Não sinto nada, não tenho anseios e dores por te ver sofrer, porque não te vejo.

Não perca seu tempo comigo. Nosso amor durou apenas nossa vida. Acabou quando eu acabei.

Silenciei comigo nossas palavras de carinho, afeto, cuidado.

Calei comigo sua condição de filha. Você não pode mais chamar "mãe". Ninguém nunca mais te responderá.

Não estou aí e você não me preocupa quando chora, quando não consegue dormir enrolada num luto que parece não passar apesar do sexo, apesar do vinho, apesar das viagens, apesar do trabalho. Não perca mais um minuto comigo porque eu não trouxe você.

Estou livre e na liberdade não existe nem mesmo amor. É o único ponto-final de fato.

Seja livre, Ana.

Sua mãe.

Sou velha. Arrancaram-me todos os dentes por causa das crises de epilepsia que o remédio provoca.

Sangue dos lábios

Sangue da língua

Sangue da gengiva

Sangue na água

Sangue na comida

Desdentada e de boca murcha, estou sentada no corredor branco onde o sol fortalece meus ossos frágeis, quase quebrados.

Ainda não me esqueci do peso das palavras da dona da floricultura quando sua boca contornava a frase:

Ela não vem mais comprar cravos. Pulou da janela. Enlouqueceu.

Naquele dia, comprei um maço de flores amarelas.

Minha primeira compra na floricultura. Homenagem à minha mãe que me libertava de forma violenta e definitiva.

Arranjei tudo num vaso e o coloquei meticulosamente no centro da mesa da cozinha em cima da toalha de crochê que eu detesto, mas precisei carregar porque tinha de ser boa filha.

Livrei-me do vestido velho por cerzir.

Tirei a meia-calça, o sutiã, a calcinha.

Me vi no espelho.

Gargalhei como se fosse a última comédia a que eu assistia. Eu era engraçadíssima!

Veias e rugas, pele solta, balanço de tempo a cada movimento. Era cômica. Ria descontroladamente ao enxergar meus dentes que sobraram, roxos e escuros de vinho. Essa era eu.

Pronto: cheguei no que viraria um dia.

Aproximei-me da janela que estava completamente tomada pelo tule marrom. De forma que não conseguia nem mesmo ver a ponta do prédio em frente. Uma tremenda escuridão.

Com a unha, fiz um rasgo. Senti a ponta dos dedos queimar.

Ana estava livre. Meus dedos em chamas. Com os dentes, mais um rasgo. Tinha um buraco que dava para enfiar o pulso e deixar a luz entrar.

Espere! Era o barulho do telefone.

O barulho me pareceu muito real. Voltei da janela e andei até as chamadas insistentes.

Quando atendi, me procuravam. Devo ter ouvido alguém perguntando sobre minha disponibilidade para dar aulas de português. Gargalhei até roncar. Quase perdi o ar.

Era preciso mais que um buraco no tule para que o marrom fosse embora. Era hora de deixar a luz entrar. Se eu, ao menos, merecesse ser livre. O que eu tinha era que tentar.

Acho graça quando me vejo aqui, sentada no corredor com loucos em volta de mim.

Há a mulher que grita de minuto em minuto.

Há o rapaz que roda a cabeça, outro que joga os braços para cima feito aleluia.

Há uma mulher que tenta comer o próprio braço, mas só consegue roer as unhas até sangrar, dar pus, e vive com infecções.

Há o velho nervoso com a sombra que o segue.

E há eu. Eu e minha doença terminal, a da cabeça. Banguela, calma por causa dos choques, sentada não faço nada a não ser tomar sol. Sobrevivi à queda.

Não há mais tule marrom. Só o branco dos cravos e dos corredores é que me cega, pontuado por loucos. Acho graça neles. Não me incomodam porque vivo em silêncio. Os outros desconfiam de mim, de um ataque, um comportamento imprevisível. Rio, às vezes de gargalhar, como se até hoje fosse possuída.

Sem dentes é ainda mais cômico.

Há quem me veja como

uma falha de caráter,

uma doença,

um distúrbio,

um crime.

Há quem me veja como um esquecimento,

um problema,

uma ausência.

Há quem não me veja.

Quando envolvo meu corpo com meu abraço é para me proteger da Ana que me espia.

Com as mãos em oração, um dedo procura a unha. Descascando quem eu sou, tento meu desaparecimento. Fui enfim esquecida. Depositada aqui, ninguém se lembra de mim.

Meu filho conseguiu se esquecer de mim antes que eu conseguisse me esquecer dele por completo. Ainda me lembro de não pensar nele.

Eu sabia desde o início que até o fim dessa história eu iria morrer. Cumpri com minha palavra. O que não consigo é ser livre.

O médico aparece. Traz remédios, vem conversar. Avisa sobre tratamentos. Fala do almoço. Faz perguntas quando me abraço, protegendo-me da mulher dos cravos brancos que me persegue como se fosse vingança.

Por que aperta tanto seus braços?

Por causa de Ana.

O que Ana faz?

Ana compra flores.

Fundo

Eu tenho vinte e sete anos e não sei o que significa a palavra *awkward*. Aos vinte e sete, serei muito feliz. Estarei viva e morrerei arranhada em hematomas, humilhações, proteção, cuidado, sexo. Estarei tão viva. Serei muito feliz. Tenho vinte e sete anos.

O homem, este aqui, segura nossas caixas de pizza. Nossa única refeição do sábado quando, rendidos de tanto sexo experimental, percebemos a fome às quatro da tarde. Já faz noite escura. A. carrega nossas duas caixas de pizza. Duas caixas. Suas mãos grandes e cheias de veias seguram as duas caixas. Ele me conta algo que ouviu entre amigos, sobre um relacionamento em desconstrução. Um namoro de anos em plena queda, desmoronando sem apoio algum para abrandar o tombo. Todo mundo sabe o que houve. É *awkward*, ele diz.

— O que é *awkward*?

— É uma coisa sem jeito. Eu segurando essas duas caixas de pizza, o formato delas, o que tem dentro e não pode cair, a temperatura, o cuidado que tenho que ter e os quatro cantos feitos de ponta. Isso é *awkward*.

A caminho de Acton faz frio. As luvas do homem, este aqui, tornam as caixas escorregadias. Ainda mais difícil carregar aquilo. Outro homem, um estranho, passa tentando se esconder do gelo de janeiro dentro do chapéu e do cachecol. Olha para mim. Meu homem diz que ainda bem, para o cara, que ele está segurando minha pizza, porque senão teria dado um murro naquele à toa por olhar para mim, uma mulher já com dono. Rimos.

Quanta proteção há dentro da posse! Parecia mesmo amor para valer, feito aqueles de mãe. Ele ia cuidar de mim.

Eu me dei conta que só naquela noite, já com três meses de Londres, fui aprender a palavra *awkward*. Precisei dela tantas vezes. Devo ter me expressado mal e ninguém me corrigiu. Não devem ter me entendido. Quantas palavras eu vou precisar aprender antes de conseguir fugir daqui?

Cinco libras e dava para falar por cinquenta minutos. Ligava para casa de uma das cabines de onde fiz fotos inúmeras vezes. Eu me lembro de um dia ruim. Eu esperava do lado de fora da cabine enquanto meninas japonesas se fotografavam lá dentro sem se importarem com minha espera, a batida dos meus pés. Foi um sábado ruim aquele porque eu perdi aquela alegria ridícula de achar graça no que eu tinha sido semanas atrás, feito aquelas moças risonhas. Precisava falar com minha mãe. Precisava também parar de falar com a mãe. Eu deixei a mãe para trás e agora precisava falar com ela. Minha bochecha doía, meus olhos estavam inchados. O dia foi ruim não pela violência da sexta. O dia foi ruim porque as turistas me fizeram perder tempo, eu não queria deixar meu homem me esperando na pizzaria, ele podia se aborrecer e eu já não via graça na cabine de telefone nem nos ônibus não só vermelhos, mas de dois andares.

Quando minha mãe atendeu, parecia me ver. Perguntou o que estava acontecendo. Tantas vezes eu simulei que quisesse esconder dela meus problemas, só por chamar atenção. Dessa vez eu queria esconder, mas ela perguntava. Caí num choro. Contei que tinha sido assaltada, bateram no meu rosto e que, apesar de estar um pouquinho inchada, estava tudo bem. Eu tinha amigos e estavam tomando conta de mim, não era para se preocupar. Terminamos a conversa com minha promessa de ligar de novo. A mãe não me largava. "Se cuida, filha", ela disse. "Você não precisa passar por certas coisas, estamos aqui." Essa foi a última coisa que eu ouvi naquele telefonema.

Caminhei até a pizzaria em que meu homem me esperava. Ele tinha pedido vinho tinto, minha pizza preferida, e disse que não sairíamos dali enquanto eu não provasse a sobremesa. Queria me animar um pouco, cuidar de mim. Dizia com a voz suave que manteve por anos, mesmo nos meses de rompimento. Ele era minha casa.

No fim de tarde, pegamos a Piccadilly Line sentido Uxbridge ou Heathrow, tanto fazia. A linha passava em Acton Town do mesmo jeito. Em Baron's Court, ele me deu a mão. Nós nos olhamos no reflexo do vidro do metrô. Éramos jovens e bonitos. As mãos enormes guardavam os dedos das minhas duas mãos com folga. Soltamos a mão em Acton, nossa parada. Andamos em direção à casa dele. Mal chegamos, fomos para o quarto. O sexo era doído porque era bom. Nossos corpos pareciam estar em constante choque, como se derretessem e evaporassem dentro de um desejo que não acabava nunca, apesar de satisfeito. Era uma constância. Não saíamos da cama e da carne um do outro. Seria uma fuga difícil, eventualmente, quando eu precisasse mesmo ir embora.

Ele pegou uma compressa e colocou na maçã do meu rosto, perto dos olhos, com a mesma delicadeza que tinha na voz. Me disse, sussurrando em grande intimidade, para eu não deixá-lo nervoso, com ciúmes. Nunca, nunca aconteceria aquilo de novo, ele me olhava nos olhos, me dava sua palavra com o tom da voz mais bonita e mais calma que guardei. Ele estava com vergonha. O único problema era que a vergonha que ele sentia não era maior que a minha. E vergonha a gente precisa esconder. Aquilo passou a ser nosso segredo.

Meu primeiro final de semana em Londres foi na Heaven, no subterrâneo de Charing Cross. Não era mais pecado ou nojento apreciar os casais gays se beijando, como me ensinou a mãe desde cedo. Pela primeira vez eu vi como eram bonitas as meninas. E eram lindas e livres em volta daquelas paredes. Também não vi minha mãe me repreender sobre beijos distribuídos generosamente naquela única noite. "Eu sou sua amiga", ela dizia, "não me esconda nada." Ao abrir a boca sobre as pernas abertas ela fechava a cara, silenciava-se ou punha-se a escrever uma carta moralista. Por indicação de um desses amigos de antigamente, fui para a Heaven com os amigos que ele tinha feito em Londres. Nos desencontramos por alguns meses. Ele voltava para o Brasil e eu começava o que nunca terminei. Na minha mala, os presentes dele: o A to Z e um batom vermelho. Ele me disse que não era preciso mais nada para eu me virar em Londres. Na Heaven, cercada pelos seus amigos, ele me fez uma tremenda falta. Talvez tivesse me salvado quando eu entrava no rio profundo que me meti sem achar o fim. Talvez tivesse me levado para a Heaven de novo e eu não tivesse parado em Acton, no velho The Puzzle, encontrado dois olhos pequenos que me engoliram em completa falta de ar. Eu usava, naquela primeira noite, o batom vermelho e na bolsa o A to Z para achar o pub. Dois objetos dos quais precisei inúmeras vezes na tentativa de repetidas fugas. O mapa que me levaria para longe. O batom para que outro homem que não fosse ele me visse. Repetidas tentativas de fuga, porque eu sempre voltava ao lugar de onde queria fugir.

O segundo final de semana foi em Acton. Foi cintilante e brilhava. Olhos que marejaram ainda sem beijo. Só pode ser isso o que sempre dizem que é. É isso. Achamos o que todo mundo procura. O cheiro de cerveja entornada no chão, os ratos que tinham nomes, as cinzas de cigarro. Éramos uma ilha fértil e florida naquela cama de solteiro com todas as nossas roupas. Não era preciso tirar nenhuma peça. Os olhos marejavam e ainda não era pelo gozo, ou pelo soco ou pelo empurrão.

Isso aconteceu mais para a frente. Dou um pulo no tempo. A razão mais escancarada de cortar caminho e narrar o que se passou naquele fim de tarde é fazer alguém sentir raiva: de mim ou dele. Tanto faz, mas um de nós era para ter se livrado do outro há muito tempo. Ainda assim, aquele dia.

Mais dois casais e dois solteiros moravam com a gente nessa casa em Acton. Divisa de Acton e Ealing, Rosebank Way. Nosso quarto de casal era um capricho. Eu comecei a estudar design de interiores por correspondência. Uma estante fazia o quarto ter dois ambientes. Os violões dele num canto, meus livros na estante, um poster de Shakespeare na parede acima da escrivaninha que só eu usava.

Ele voltava para casa. Já tinha jantado. Eu também. Eu esperava por ele com uma camisola branca de seda curta. Tirei o sutiã, a calcinha, e esperei que ele entrasse no quarto, cansado do dia de trabalho. Eu escrevia um cartão-postal para uma amiga do Rio. Sentada na nossa cama, pernas cruzadas, cabelos presos, eu pulsava tanto no meio das pernas quanto na boca enquanto ouvia seu carro estacionar e seu corpo subir as escadas.

A porta bateu com ele já dentro. Seus olhos estavam em fogo.

Peguei uma toalha e me protegi da nudez que tentava oferecer a ele. Rejeitada, precisava me explicar e não sabia ainda a razão. A boca dele espumava. Tinha um ódio tão forte de mim que os olhos, questão de tempo, iam atear fogo na casa. Pedi desculpas ainda sem saber o que eu tinha feito. Ele sussurrava no ódio palavras como puta, piranha, vagabunda. Decerto eu não deveria mesmo ter me oferecido com aquela camisola para ele. Ainda não eram seis da tarde. Só tinha putaria mesmo na minha cabeça. Sempre tive o diabo no corpo. Só pensava em dar para ele desde a hora que acordava até a hora que a gente transava à noite. Planejava dar para ele enquanto trepava com ele. Era um desespero. Eu, claro, era uma puta, sem dúvida. Sempre fui uma vagabunda desde criança. No meio das minhas pernas havia um lugar que era capaz de me salvar de mentiras, promover desejos, me tirar da fome e da mesmice. Pedi desculpas. Eu ia parar de ser tão oferecida. Desculpa, vem que vou te acalmar, você está cansado. Deita no meu colo. Espera, vou colocar uma calcinha, uma bermuda, vou me cobrir. Calma, estou aqui. É só me explicar o que eu preciso saber, não tem que ter raiva de mim. Não fiz por mal.

Amanheceu. Nossas mãos dadas e a gente sem roupas. Ele sorriu bom-dia. Na minha cabeça, o galo. Doía. Eu estava aliviada, ainda não tinha morrido. Soube que o colega de trabalho havia comentado com ele que, por sorrir demais, eu tinha jeito de oferecida. Estavam falando de mim no trabalho dele. Praticamente uma piranha. Eu precisava mudar, trocar as roupas. O galo doía. Ele se levantou, me trouxe café e uma compressa com gelo.

— O galo vai diminuir logo. Aqui um analgésico. É para dor de cabeça. Saímos para jantar hoje? É sexta.

— Vocês não tocam hoje?

— Amanhã, sábado. Quero você lá, primeira fila. Canta com a gente.

— Eu te amo.

— Eu também, e nem é pouco. Tira uma foto dos seus peitos e me manda ao meio-dia?

Eu tinha um namorado. Ele era assim, imperdível, o máximo, e eu tinha vinte e sete anos.

Já sozinha na cama, nua e com os pingos dele salpicados pelo meu corpo, penso na mancha roxa da qual serei dona e que será escondida porque é um segredo. No banho, hesito. Vejo a mancha se avermelhando e logo estará escura. Se um banho pudesse me livrar dela, eu me limparia com toda a força. Mas a água vai tirar de mim as partículas do meu homem, e eu queria ficar o dia todo suja dele. A mãe não ia gostar do meu namorado. Diria que sonhou com um homem violento. Era ele. "Você não precisa passar por isso, minha filha. Volta para casa."

Ele passa a língua dentro de mim, mãe. Mas passa tão bem que você nem imagina. Ele deixa a língua macia que lambe meus lábios, os pequenos e os grandes, o meu cu, mãe, ele lambe meu cu. Só depois a ponta da língua endurece, vai no meu ponto cavando uma falta de ar, as pernas trêmulas. Eu me emociono tanto, tanto. Chego a chorar. Precisa ver, mãe, como ele me faz feliz. Eu sou uma puta. Esse diabo que não sai de mim.

A gente se reunia na sexta-feira, em volta da mesa quebrada da cozinha de ratos, cheiro de cerveja. Um lugar onde só quem ama ou só quem não tem dinheiro consegue se aconchegar. Acompanhava seus dedos nas cordas do violão. A voz saía sem um arranhão, pura. Cantava, tocava, era meu.

O telefone insistente tinha do outro lado uma ex-namorada. Ele pediu que eu atendesse. Só assim ela entenderia que ele não queria mais nada com ela. Manda ela se foder, ele pediu. Achei graça e repeti o que ele disse. Na semana anterior, ele dormia com essa mulher que ligava pedindo notícias do homem que ocupou sua cama, seus planos. Mas ele não queria saber dela. Sorte a minha: ele só tinha olhos para mim. Mandar a mulher se foder foi uma prova de amor e dedicação a mim. Que belíssima prova de amor aquela intemperança.

Ele continuou a tocar. Eu cantava junto. Éramos jovens, todos em volta da mesa, e ainda assim me deixaram morrer nas mãos dele quando o futuro chegou.

Eu acreditava que aquele homem viraria outra pessoa.

Quem nos avistava da superfície, tinha certeza de que, se tirasse o sexo, não sobrava nada entre nós. Eu, que não me via nitidamente, não acreditava nisso. Desenvolvemos, ele e eu, uma teoria do aprisionamento. Cadeados invisíveis eram notados no jantar que ele me preparava, no bolo feito para o meu aniversário, na música que compôs para mim. Eu, por não ter para onde ir, me segurava com firmeza nos seus versos tolos, no frango com arroz, no bolo que era, de fato, comprado no mercado popular. Fazia uso do quarto dele quando precisasse. Eu me lembro do dia que passei a ter uma gaveta. Era importante acreditar que nem o peso da mão direita dele no meu rosto tinha mais importância que nossas quatro paredes quando ele não tinha sangue nos olhos. Na noite que nos conhecemos ele me avisou, mas não era possível entender entre os beijos no ouvido, que nunca mais me deixaria ir embora. Foi assim mesmo que eu entrei, para não conseguir sair viva. Não foi por falta de aviso dele. A culpa sempre foi minha, ele e a mãe repetiam isso quando era impossível sustentar o amor com delicadezas, quando mãos firmes, mãos de fato ou olhos pesados de reprovação, caíam em cima da minha cabeça sangrando.

Durante a semana, eu era a pessoa mais responsável deste mundo. Fazia crianças felizes, tomava conta delas, dava comida, garantia que estivessem limpas, levava para tomar ar fresco, clubinhos de música, aprendi a cantar músicas de roda que quis tanto esquecer só para depois ter que usá-las de novo com um filho que eu quis tanto esquecer. *Rock a bye baby on the treet op. When the wind blows the cradle will fall.*

Row, row, row your boat gently down the stream. If you see a crocodile, don't forget to scream!

Nem sempre era possível gritar. Frente a frente com os dentes do monstro que alternavam entre mordidas e lágrimas, eu era jogada à força na lama, a boca tapada, o grito não sai. Morde, assopra, chora. *Don't forget to scream!*

No final de semana, eu me mudava para a casa do meu homem. Por que ele tinha tanto medo que eu o traísse? Comecei a imaginar como seria dormir com outro homem, chegar em casa, beijar com a boca imunda a testa dele, sorrir com gentileza, tratá-lo melhor que antes como tratam aqueles que pecam, sentir culpa, sentir-se bem e fazer tudo de novo. Ele tinha tanto medo de que eu o traísse que logo passei a programar saídas com amigas que ele não conhecia. Eu morava fora de Londres.

Era impossível voltar para casa depois de uma noite bebendo. Ele morava em Londres. Era fácil voltar para Acton, encontrá-lo na cama dormindo como se fosse um homem bom, dar-lhe um beijo e me aconchegar naquela cama onde eu era bem-vinda. Mas eu não valia muita coisa. Foi isso que me disse a mãe. O demônio nunca deixou meu corpo possuído mesmo com tanta reza e oração da mãe, da vó, da tia, da mulher benzedeira.

Era possível saber que não havia futuro algum entre nós, depois de nós. A desconfiança dele alimentava com força minha promiscuidade. Não havia saída para mim, não havia nenhuma esperança de que eu fosse decente. As fugas de Acton eram feitas através do uso de outros homens. Precisava daqueles homens que não me conheciam, não sabiam que eu era encarcerada, propriedade de um outro homem.

Jimmy, acho que era Jimmy o nome dele, me conheceu num bar. Quis ir embora com ele para sempre, mesmo que não tivesse gostado do cheiro forte do pós-barba, mesmo que fosse gordo e eu não goste de homem gordo, mesmo que fosse só por fugir. Às vezes via algumas portas, e tentar escapar era natural. Trocamos telefone. No final de semana que se seguiu, eu me encontrei com ele na estação. Fomos para Luton, onde ele morava numa casa feia, sem nenhum charme, sem lareira alguma. A geladeira repleta de caixas de comida pronta de supermercado. Transamos porque ele quis. A respiração encatarrada dele no meu ouvido se misturava com o cheiro do perfume ruim e ele dizia no meu ouvido que treparíamos a noite toda. Dizia isso numa tentativa de me seduzir e eu me lembro de querer vomitar. Antes de me carregar para a cama sem cabeceira dele, comeu uma caixa de lasanha esquentada no micro-ondas. Bebeu coca-cola, arrotou e me disse que esse era ele, uma pessoa pé no chão, sem luxo, simples, com hábitos normais. Fiquei atordoada com a falta de educação, com a desistência dele em me impressionar já na primeira noite. Eu, meio viva, meio morta, aturei todo o desejo daquele homem sem sentir nenhum. Com a porra dele na minha boca, corri para o banheiro e vomitei. Avisei para ele que não me sentia bem e só assim ele parou de querer transar comigo, mesmo que eu já estivesse, a essa altura, completamente morta. Quando o dia amanheceu, vi o quanto o seu pau era pequeno, inexpressivo, misturando-se às dobras de gordura da barriga. Senti tanta raiva de ter que voltar para casa. Por meu próprio mau julgamento, achei que ele fosse uma espécie de fuga, mas era só um porco. Fiz meu longo caminho de volta para Acton/Ealing. Meu homem sabia que eu tinha passado a noite na casa da melhor amiga que, do jeito dela e como podia, financiava minhas tentativas de fuga.

Nunca mais me encontrei com Jimmy, que passou a me ameaçar. Dizia que, se eu não atendesse aos seus telefonemas, ligaria para o Home Office avisando que meu passaporte não era válido. Entre um monstro e outro, o familiar é preferível.

Uma vez, meu homem foi me visitar. Era quarta-feira e nos encontramos num pub, o único que havia onde eu morava. Ele veio me dizer que tinha comprado passagem para passar Natal e Ano-Novo na África do Sul com amigos, longe de mim. Fiquei sem chão. Eu não tinha ninguém por ali. Ficaria sozinha. Eu me lembro de chorar muito quando ele me disse aquilo. Tive muito medo da solidão e quis voltar para casa, ficar ao redor da mesa com as tias caducas, a mãe com os olhos pesados parados em mim, arrependida por ter tido uma filha tão ruim e ter de amá-la, especialmente no Natal.

A viagem dele para a África do Sul era culpa minha. Tínhamos tido uma briga quando ele resolveu comprar a passagem. Tinha custado caro e agora ele não tinha como não ir. A culpa era minha, e a mãe já tinha me avisado do demônio no corpo.

Na virada do ano, eu marquei de me encontrar com um ex-namorado que visitava Londres. Meu homem me ligava sem parar da África do Sul. Queria saber com quem eu andava. Ele ouvia barulho de gente bebendo o ano velho. Não me interessava mentir ou dizer que estava em casa. Afinal, do outro lado do telefone ele não alcançava meu corpo para bater. Ele que remoesse a ideia de eu estar feliz, em outra companhia. Poderia ter ficado comigo, mas como era eu a culpada da viagem dele e da minha própria solidão, facilitei a companhia de um homem que eu já sabia que não me interessaria porque era um ex. Ficar sozinha no Ano-Novo não era possível. Fazia frio, estava escuro, era obrigatória a festa.

Com o diabo no corpo, passei a noite com o ex só para provocar meu homem, mesmo fazendo disso um segredo.

Era comum eu equilibrar dois homens ao mesmo tempo. Um, o meu, era minha certeza de um teto, água quente, cama, abraços e afagos apesar dos rompantes. O outro, os outros, eram um teste. Se desse certo, se a fuga se concretizasse, seria possível finalmente lhe jogar a chave de casa na cara, agradecer o nada que me deu e cuspir na mão que me atacou em tapas, tentativa de enforcamento, empurrões, puxões de cabelo, o dedo entre minhas pernas...

Sexo

Shakespeare

Agressão

Estudo, letras, classe

Música, voz, mãos

Violência

Solidão, referência, descontrole, desespero, pertencimento

Não preciso passar por isso. Eu tenho mãe. Não preciso passar por isso.

O dedo entra no meio das minhas pernas. Olhos revirados. Promessa. Esperança.

Minha mãe sonhou com minha vó dizendo que viu um homem quebrar uma mesa e me bater com a cadeira. As superstições da mãe na sua derradeira e desesperada tentativa de me controlar de longe.

Polícia.

— Desculpa, policial, não foi nada, um engano. Desculpa desperdiçar seu tempo.

— Isabel. Posso ficar com você? São três da manhã.

— Claro.

— Alessandra, posso ir praí?

— Você precisa terminar.

— Eu vou.

— São duas da manhã.

— Estou em perigo.

— Venha, vou falar com minha patroa que você precisa.

— Não me exponha.

— Você já está exposta, olhe seu rosto.

— Não volto de jeito nenhum.

— Ele não vai mais fazer isso. Prometeu. Nunca vi ele chorar tanto. Vai me levar para um fim de semana em Bath. Ele me ama tanto, isso é claro.

— Você me tira do sério, você me faz virar quem nunca fui. Não sou isso que sou quando estou com você. Você é a culpa de tudo isso dar errado. Sua mãe sempre esteve certa. Você não vale nada. Você tem o diabo no seu corpo que eu desejo, vem, eu te desejo, eu tranquei a porta, só sai se me beijar. Olha como você me quer.

— Preciso sair daqui. Tenho medo. Preciso ir embora. Não encontro as chaves.

— A porta está aberta, saia.

— Não encontro a saída.

— Olhe, a porta está aberta.

— Está fechada, olhe, não consigo sair.

— Você é inteligente, espero que não volte mesmo. Você não precisa disso. Quanto homem maravilhoso gostaria de ter sua companhia!

— Preciso sair.

— Qual vai ser meu plano?

— Não tenho casa. Moro com ele. Faz tanto frio na rua. Preciso voltar. Saio de casa e vou me encontrar com outro homem esperando que me salve do meu namorado. Mas preciso voltar todo dia para dormir com ele. Sou uma puta. Faz frio na rua.

— Vi seu celular. Você recebeu uma mensagem de um tal Jack. Piranha. Vadia.

Celular no meu rosto. Dói. Um tapa. Ele me empurra. Bato o ombro na parede.

Arranca meu poster de Shakespeare. Rasga.

Ele sabe o quanto eu amo Shakespeare. Foi ele que me trouxe aqui, seu canalha. Covarde. Não me bate que eu grito.

Eu grito. A casa está cheia de gente. Ninguém vem me salvar. Ninguém. Só eu, uma hora, vou conseguir. Antes vão me deixar morrer.

Minha caixa com CDs, meu discman que minha irmã me deu. Comprou em prestações. Tudo voando pela janela do terceiro andar.

O rosto dele está vermelho. Ele vai me matar.

Pela janela, a mala verde que minha tia me deu. Veio com docinhos em formas de papel. Minha mala verde agora está na rua com calcinhas, calças, blusas, tudo no meio da rua.

Preciso descer. Dói meu ombro, dói meu rosto.

Na escada estreita, ele está voltando. Estava na rua pisando no discman que minha irmã me deu. Guardei todos os cacos.

Ele me encurrala na escada.

Me bate no rosto de novo. Aperta meu pescoço. Começo a tossir. Ele está vermelho, vai explodir, mas antes vai me matar.

Chega alguém. Arranca-o pelo braço. Tranca-o num quarto; ele, chorando, grita o quanto me amava e que eu, veja, eu arruinei tudo. A culpa era minha. Eu sei. Sempre foi minha culpa.

Lá embaixo, cato peça por peça. Alguém chama um táxi. Entro no carro. Não sei para onde vou. São seis da manhã.

Começaria um trabalho às oito e meia cuidando de uma menina de quatro anos.

Preciso de um banho.

— Alessandra, preciso de você.

— Venha. Estou te esperando.

Já faz algum tempo deixei de ter vinte e sete anos.

Despeço-me do meu marido, um homem bom. Saio sem rumo. Meu corpo está mole, a cabeça falha. Mesmo depois de tanta violência, ele ainda existe, o corpo.

Foi preciso ouvir a mãe. Eu não merecia aquilo.

Que tal um homem decente, filhos, uma família, uma casa ampla no campo? O diabo do seu corpo morre quando sua pele amolece, envelhece. Escolha uma companhia, filha. Você não precisa passar por isso.

A mãe estava sempre, sempre coberta de razão. A mãe morreu. Morria todo dia. Agora eu tenho um marido, um homem muito decente.

Pego um trem. Meu marido está no trabalho. Um homem honesto.

Tenho tempo para matar. Escolho, como escolhi enquanto fugia da mãe, a Piccadilly Line sentido Uxbridge. Desço em Acton Town. Quero ver como tudo está no lugar. O tempo não passa numa cidade já velha como Londres. Saio da estação, viro à direita. Passo em frente ao pub daquela segunda semana em Londres. Tenho um marido e terei um filho. Não morro nunca. Sempre escapo. Conheço o significado da palavra *awkward* e as caixas de pizzas. Desço a rua e lá está, feito uma torre de medos ainda de pé, como sobrevivem forte a violência e a covardia, o prédio dele e o terceiro andar que guardam um quarto que foi o que eu era em desejos, morte, riscos até virar fantasma. A torre do medo, imponente e covarde, começa a desmoronar diante dos meus olhos secos, sem roxos, sem marcas, e eu não estou lá dentro.

Começo a escapar dele, como se num processo, de uma violência feita de tanta delicadeza e cuidado. Aperto meus dedos em punho firme. Não há ninguém para bater, não há olhos de fogo, bocas que espumam, rostos que explodem. Não há compressas de água quente. A mãe morreu e deixou cartas. Ele morreu e deixou meu corpo. Os roxos sumiram. O que ficou não dá para ver. Meu corpo na companhia do meu marido, esse homem tão bom, começará a desaparecer, será obsoleto, estará em paz. A queda da torre demora. Nada é urgente, nem mesmo a salvação. O tempo até aqui demorou para passar. A mãe morre no começo. Ele morre no final junto com meu corpo agora recomposto em preparo para acabar.

No dia do julgamento, duvidam da minha inocência. Não é santa, não é anjo e fez por merecer. Sempre foi puta. Era possuída. Já ouviram essa história um bocado de vezes da mãe e do namorado.

Sentada, espero a sentença. Vejo uma porta que está aberta. Carrego o demônio comigo no meu corpo, e sem culpa solto as mãos dele e da mãe. Agora tenho um marido. Ele trará nosso filho com ele. O tempo demorou para passar. A mãe morreu no começo. Eu começo a morrer agora.

Há muitos carros, movimento, semáforos no caminho de volta para a estação de Acton. Preciso preparar o jantar. Meu marido merece. Ele é um homem digno. Ele não vai me merecer. Sou uma possuída. Nunca quis um filho. Terei um filho, uma casa bonita, uma vida tranquila. Há uma roda de pessoas curiosas que olham meu corpo exposto, sem vida, estendido no chão. Reconheço-me. Escolho carregar comigo meu cadáver. Escapo como sempre, mas estou pesada: é o volume do meu corpo morto. Meu marido não vai demorar a chegar. Ele me trará um filho. Ela tinha razão: eu nunca serei mãe. No profundo da história estará minha morte, e começo aqui, no fundo, meu caminho em direção a ela.

© Nara Vidal, 2022

Todos os direitos desta edição reservados à Todavia.

Grafia atualizada segundo o Acordo Ortográfico da Língua Portuguesa de 1990, que entrou em vigor no Brasil em 2009.

capa
Cristina Gu
obra da capa
Flávia Bomfim. Fotografia transferida manualmente, bordado e aplicação sobre tecido de algodão, 2019, 40 × 40 cm
composição
Jussara Fino
preparação
Silvia Massimini Felix
revisão
Fernanda Alvares
Gabriela Rocha

1ª reimpressão, 2022

Dados Internacionais de Catalogação na Publicação (CIP)

Vidal, Nara (1974-)
Eva / Nara Vidal. — 1. ed. — São Paulo : Todavia, 2022.

ISBN 978-65-5692-263-8

1. Literatura brasileira. 2. Romance. 3. Ficção brasileira.
I. Título.

CDD B869.3

Índice para catálogo sistemático:
1. Literatura brasileira : Romance B869.3

Bruna Heller — Bibliotecária — CRB 10/2348

todavia

Rua Luís Anhaia, 44
05433.020 São Paulo SP
T. 55 11. 3094 0500
www.todavialivros.com.br

fonte
Register*
papel
Pólen bold 90 g/m²
impressão
Geográfica